魔女繪卷

大小姐與便利屋偵探

米米爾 著
齊馬力 繪

【人物簡介】

梅靜顏▬有六分之一的德國血統的混血兒，長的清秀可人，宛若洋娃娃，但卻不太在意自己的外貌，衣服上常沾有顏料，是個感受性很強，沉溺在自己的畫畫世界中的高二女生。

余亙申▬提前退休的警探，有點邋遢，有點不修邊幅，有點痞痞，小勞勃道尼類型的成年男子。兩眼仍存留當警探時的銳利感，乍看之下不太保養自己，實際上卻常常鍛鍊身體的一人便利屋老闆。

葉實秋▬女主角的表姊之一，同樣也是混血兒，皮膚雪白，眼睛是綠金色的，頭髮削的極短，個性自我任性又冷淡，內心隱藏著極大熱情的攝影兼雕塑師。

林和翰▬葉實秋的戀人。長相完美如天神細細雕刻而成，個性捉摸難定。

梅在旭▬女主角的大伯父，外表近似韓系的成年男子。他認為梅靜顏沒有天分，不喜歡梅靜顏，非常愛他的弟媳，也就是梅靜顏的母親。

目次

【人物簡介】 003
第一章 不是警探的警探先生，不是大小姐的大小姐 005
第二章 畫筆所描繪的僅非眼中所見的真實，攝影所拍下的是個人眼見的真實 031
第三章 尋找的未必會被尋見，尋見的未必是真實 053
第四章 有時，真相帶來的不等於解答，反倒是更多的謎團 081
第五章 美麗是主觀的、易變的、人們渴望永遠擁有 101
第六章 美，令人狂顛，美，令魔誕生 122
第七章 自私無私都是愛 147
第八章 有光才有影，有愛才有恨，有悔才能學習如何迎向無憾 167
第九章 有情是人間 196
番 外 終於履行的約定 229

第一章　不是警探的警探先生，不是大小姐的大小姐

父親因爲我而結紮了。

自我出生後，父親就因著擔憂母親的愛再被瓜分而跑去結紮。他深深害怕還會有另外一個小孩蹦出來，搶他自認配額本就不多的愛。

父親常說：「爸爸這一生原本只有一個情敵，那就是畫畫。現在多了個妳……爸爸好可憐。」

這樣的父親居然有外遇？怎麼想都不可能。

「妳常這樣嗎？」

我轉過頭看向正隻手靠在車窗下緣，另一手扶著方向盤的成年男子。

他的面容有股男子超過四十歲後特有的成熟韻味，過往的經歷形成了一張揉合智慧、堅毅、泰然自若，飽經風霜仍信念堅立的面容。

此時，他看著我的眼神充滿了不經意的探究，那是雙比一般人的瞳眸還來得幽深，不可測的黑瞳，很迷人，比同班的男同學的眼睛還要吸引我。

「警探先生？」

「就說我已經退休了…」他語氣無奈的苦笑，揚起的唇角有一絲笑紋。「現在是個開便利屋的大

叔。」

「抱歉……」我老實認錯。「母親也說我很容易走神。可是，你看起來不像六十。」一般人都是六十歲退休吧？

警探先生挑眉。「妳的運氣一定不錯。在我的經驗裡，像妳這類的人通常是第一個出事的。」極富技巧的顧左右而言他。

聽聞此言，我下意識地聯想到促成自己與警探先生共車的原由。

「我也很意外父親怎麼就這樣走了。」

「抱歉。」警探先生不好意思地搔了搔長滿鬍渣的臉。

我的目光不自覺地落在他那粗壯膀臂上，其肌理和上面的疤、糾結紛亂的手毛都非常美，引人刻畫，可惜現在的我沒有畫畫的興致，這還是打小迷上畫畫以來的頭一遭。

「我是眞的覺得很意外。坐在後座的我只有些擦撞傷，副駕駛座的母親傷勢比較嚴重，但她和父親都有繫安全帶，爲何母親活著，父親他卻……」

「妳的疑問也是我當警察四十多年來的疑問。爲什麼死的都是好人。」警探先生單手打了一圈方向盤，車子從產業道路轉進一條兩旁都是檳榔樹的柏油路。

檳榔樹筆直如標竿，像是旗幟般排列整齊的一路向前。

樹下還有小樹叢，像是倚靠大樹棲息的小小綠毛獸，仔細一看，上面長有像是小番茄般五顏六色的果子。

「咖啡樹。」他突然說。

「警探先生？」

他又搔了搔臉，剪的短短的指尖長有粗繭，食指和中指的指甲尖端微微泛黃。

「叫做檳榔咖啡。」

「喔。」我懂了，是品牌名。「表姊住的還眞偏僻。」

警探先生沒有接話，而是露出了一抹耐人詢問的詭笑，使得那張有點痞痞的大叔臉，瞬間換上了成熟男子才會有的深沉神祕感，就連那頭在我周遭的男同學中，絕對看不到的小平頭，也變得英姿煥發了起來。

這些都是假象。

與母親習畫多年，我自認多少有些觀察力。

警探先生的悠閒痞子狀，完全是裝出來讓人卸下心防的。洩密的是他那散著皺紋，睿智且桀傲的雙眼，正漾滿深深的審視，像是誰都不相信，誰都無法進入他的心底，只信自己親眼所見。

他，眞的不太一樣。

我想畫他。

「警探先生，等我……」心情比較好點。這句話不知爲何臨到舌尖又吞了回去。「……在表姊家安頓下來後，可以請你當我的模特兒嗎？」

他單手撐在敞開的車窗，斜睨著我半晌後才回答道：「要收費。」

「嗯。」母親也常請模特兒來家給她畫畫，我知道行情價。

「嘖！現在的小孩子啊……」

我不懂他在感嘆些什麼，只不過是畫畫。

但也不想問，畫畫是很簡單的事情，將眼見和心見的一切畫下來即可。

不多時，他將車子停在一間外面擺著小攤販的雜貨店外，說了聲「去廁所」便開車門離開了。

我也下車活動活動筋骨，拍了拍坐皺的連身白裙，點點顏料如彩色繁星般綴於其上。

沒想到我還敢坐車呢！

明明月初時才出過車禍。

我的母親是享譽國際的畫家，父親則是知名畫廊的老闆，兩人是畫壇出了名的佳偶，導致這場由母親而起的連環車禍，引來報章雜誌的注意，輿論紛紛。

很幸運的只受了輕傷的我，從醫院返回家門時，迎接我的不是往日幾乎都待在家的母親，而是大批的記者先生小姐們，不堪其擾的我原本想說乾脆去旅館住一陣子算了，但負責此案的警察哥哥擔心我一人住在旅館，反倒更容易被記者們找上，我又未成年，照理來說我應當會被安排給唯一的親戚——大伯父來照顧，但他因著要處理車禍和父親驟逝的相關事宜，無暇他顧。

就在此時，大伯父突然提起原來我還有個表姊，住在鄉下，我應當可以過去和她同住一段時間。原本我打算自己坐計程車過去，但警察哥哥很熱心地向我和大伯父推薦警探先生，還說以後我若需要去看因陷入昏迷，而仍在醫院治療的母親，也能請他來接送，巴不得快點離開家和大伯父，並且脫離記者們包圍的我，沒有多想便答應了。

總而言之，我就要在這個小村度過十七歲的暑假了。

不曉得表姊是怎樣的人，母親從沒跟我提過我還有個表姊。

手機鈴聲響起，我翻找了半天才在裙子口袋找到手機。

「喂？」

話筒傳來低沉中帶著嘲諷的斥責。「不知道喊一聲大伯父？妳媽怎麼教妳的。」

「……大伯父。」我乖順的回答。

「到了嗎？」

「洗手間。」

「哼！女人……」大伯父清了清喉嚨。「我說，妳應當清楚妳們家現在的情況。」

「……」什麼意思？

他彷彿知道我未說出口的疑惑，又再說了一次，這回更詳盡。

「車禍的事，八卦記者緊咬著不放。妳也不希望妳媽的畫跌價吧？那可是妳將來賴以維生的唯一有價物。妳可不像妳母親那般有天分，徒具形而無魂。」

這就是我討厭大伯父的原因。

他說出了母親和父親，以及美術班的老師們都不曾對我說過的眞話。

「父親有幫我辦信託。」我不想繼續我到底有沒有繪畫天分的話題。

「我知道！」大伯父突然吼了起來。「我那愚蠢的小弟只會替妳們母女倆著想，從未替我這個老哥哥想想。我和一起他打拼這麼久，應酬都是我去，他只要風風光光的在螢幕面前……」他突然停下滿腔不滿。

不想聽這些事情的我，難得機敏的將話題導正。

「大伯父，你打電話過來是爲了？」

「妳表姊……算了，反正妳們家的女人都一樣。」大伯父沒頭沒腦的自己結尾。

我擅自認爲大伯父可能和我一樣，都還在父親驟逝的衝擊中，講話才會這麼顛三倒四的，畢竟，父親是大伯父的弟弟。

「總之，妳不要回家，免得那些報章雜誌的人捕風捉影亂報導，影響妳母親和畫廊的聲譽。有什麼需要的就找便利屋的先生幫忙，秘書有知會他了。妳表姊那若有什麼問題……」

大伯父這回的停頓拉的有點長，讓我生出一股不太好的預感。

「算了，畢竟妳們系出同系，都是一家人。哪會出問題呢？」

什麼意思？

來不及開口問，大伯父便掛了電話，在我身上留下如乾掉的亞麻仁油般的黏膩不適感。

略醺的南風撫面，我看著裙襬飄動如波浪，裸白的雙腿上有一道道檳榔樹投射而下的影子，將我的腿襯托的更白皙，自腳底延伸的影子更幽闇，對比的極美，使我暫時忘卻了因大伯父的電話而起的煩躁。

然後，我走到雜貨店旁邊的郵局的提款機，領鈔，在戴著斗笠，身穿花布衣的阿婆審視的目光中，在她的小攤販買了兩杯裝在寶特瓶中的檳榔咖啡，拿回車上，將咖啡放在置物架，扣好安全帶，警探先生捲著一身煙味回來了。

父親以前好像也抽菸的，但自從他知道母親的畫室充滿易燃物後，他就戒了。

「請喝。」我將用面紙包住杯體的紙杯遞了過去。

「多謝。」他接過，一口飲盡，打了個哈欠，鬆開手煞車。

然後我取出一疊鈔票。「兩個月的模特兒費。」放在杯架上。

他一愣，而後瞠目地緊急踩下煞車，我的身體隨即猛烈地前仰後倒，一陣後怕隨著發生車禍的那一剎那的記憶，同時湧上心頭，我猛地攢緊雙拳，身體瞬間緊繃起來。

「妳媽到底是怎麼教妳……欸，沒事吧？」

死咬著牙關的我，定定地注視難得卸下痞痞神情的退休警探，我不知道我的身體怎麼了。

「啊……對了，妳剛出完車禍。是我不對。」

他伸出大掌拍了拍我的頭，我不討厭，但我還是沒辦法放鬆身體。

怎麼會這樣？

事情已經過去了，剛剛只是煞車，不是車禍。我如此的告訴自己，身體卻像是突然有了自己的意志般，違反我的心的命令。

「噓……沒事。」退休警探像是哄小孩似的，一下又一下的撫摸我的頭髮，低沉的嗓音伴隨著拍撫的節奏，半晌過去，我吁了口氣，身體總算漸漸放鬆了。

見我沒事了，警探先生收手並低喃：「死傑克，給我介紹啥鬼工作。」

「你說什麼？」我假裝沒聽清楚。

「沒什麼。」

「錢不夠嗎？」他還沒有回覆我。

他一掃杯架上放著的鈔票，而後動作俐落的收起。「夠了！算啦，我剛好需要錢，這兩個月就賣給妳了。妳有啥需要打電話和我說一聲，不管是畫畫還是採買東西，還是送妳去醫院都行。不過，話說在前面，我不脫衣服，也不擺猥褻的動作，其他做不到或犯法的事情我有權拒絕。這筆錢裡面有三分之一是訂金，七天後妳若反悔不想繼續僱用我，我有權收取訂金，知道嗎？」

「知道了。」

「那就多多指教啦！梅靜顏大小姐。」

「我不是大小姐。請多指教……」我想了一下初見面時收到的名片上的名字。想不起來。「警探先生。」

「我姓余。」

「余警探先生？」

「算了……大小姐妳愛怎麼叫就怎麼叫。」

「我不是大小姐。」

「不是大小姐還拿三萬的鈔票砸人？」

「我母親都用這價格雇用模特兒的，通常包月就要三萬。」

「只畫畫？」

「還有附食宿，母親畫得順的時候，超過八小時是很正常的，但他們常會自己砍價給母親畫。」

「也是，妳母親是大畫家，給她畫的小模很容易紅。」

「是嗎？我不清楚。」

眞的，人生中有太多搞不清楚的事情了。

爲什麼母親會一口咬定父親有外遇？

爲什麼我對這件事情毫無知覺？

爲什麼總把「我會好好保養並鍛鍊自己，因爲妳媽媽不能沒有我，她簡直是個生活白癡。」的父親，居然這麼容易就死了？

爲什麼母親好端端地要去拉父親握著方向盤的手？

爲什麼我從沒聽說過我有表姊？

爲什麼我在這時候想的還是畫畫？

爲什麼天空藍的像果凍？

我好想跳進去，再也不出來。

隨即我想到若是成眞了，就再也不能畫畫，也也感受不到那完成一幅畫的滿足和空虛感，我自認誕生在這世上的因由，將會如忘記噴上定型膠的炭筆素描般，變成灰灰黑黑的一堆粉末，這將是多麼令人難以忍受的一件事情啊。

我還有想要畫的畫。

我想畫畫。

一股興奮感爬滿全身，渴望握住畫筆，調和色彩，並在畫布前徹夜不眠的慾望淹沒了我。

母親說這是謬思附身。

她說這時絕對要撇下一切，認眞的面對畫布，因這時誕生的作品將會擁有生命。

可是，我好害怕。

儘管我根本不清楚有什麼好怕的。

一大片黃金雨突然撞進我的眼底。

我連忙打開車窗探頭望去，串串如鈴黃花在樹梢搖曳生姿，將綠葉襯托的更綠，藍天更藍，鮮豔的色彩充滿夏天的氣氛，一掃方才憂鬱滯礙的悶氣。

我睜大眼，想將此美景烙印心底。

但我的心底空蕩蕩的，濃夏的色彩太過美麗，璀璨華麗的宛若一場盛宴，幾乎令人承受不住。

「停車。」

「大小姐，接下來妳有的是時間畫那棵樹，前面就是妳表姊家了，坐好。」

也是，畫畫急不得的。我坐正。

轉頭端詳警探先生高聳的鷹勾鼻，我想把他畫成藍色果凍狀的巨人，然後體內開著一顆阿勃勒。好像蠻有趣的。

「就在前面了。」

如警探先生所言，開入阿勃勒樹旁的小徑後沒多久，便能看到一棟方方正正的水泥白建築，坐落在群樹環繞的豌豆型池塘邊。

比我想像的還要美的景致，減輕了不少初入陌生環境的忐忑。

大門前停了三輛廂型車，警探先生將車子停在小葉欖仁樹下後，便幫我把後車箱的行李、畫具和畫材等搬下車。

「什麼時候開始畫畫？」他問。

我仰頭望著比我高上一個頭的警探先生，鬍渣加深了俐落的下巴線條，使他的面容充滿滄桑和性感。

我對他越來越感興趣了。

是因爲以前身邊沒有這類型的男子嗎？

應當是的，母親偏好身材瘦弱的美青年。父親也是這類型的韓系美男子。

「現在。」我說。

他挑起濃黑的左眉。像是對我居然才剛喪父，便恢復創作慾而感到訝異。

「今天我還有事，明天吧。」

我點點頭。「我會請表姊預備好你的房間。」

聽說表姊是攝影師兼雕塑家，應該可以明白我的需要。

「我不需要包食宿。更何況……我對當保母沒興趣。」

「我不需要你的照顧……」算了，警探先生不是專職的人體素描模特兒，他說他是開便利屋的，應當還有自己的事情要忙。「那就暫定早上十點到下午三點？午餐自理？」

「好。」語畢，我們交換手機號碼，日後可用LINE聯繫。表姊家這應當有WI-FI，當初我曾看過大伯父用LINE和表姊聯繫。

接下來，他上前替我按下門鈴。

我深吸口氣，心裡開始想等等該怎麼和表姊自我介紹，卻想不出個所以然來。

還是畫畫好，簡單多了。

豈料，門鈴按下去後，衝出來的女子先是一把抓住警探先生，而後如同機關槍似的說道：「余大你總算來了，眞是太感謝你了，沒有你的話我們這回肯定完蛋，快去梳化，全部都弄好只等你上場。」

「等等，小薔，這是我今天的客戶，我得帶她進去。」甩開小薔的手的警探先生，三兩下便將我的行李和畫具等揹在身上。

「走吧，大小姐。」

「我不是大小姐。」我說。

「唉唷我的余大，別忙這些了眞的，要是你的肩膀出現壓痕，我老大會把我殺了。你放著，我去找人幫忙搬。」

「不行，這是我的工作。」警探先生很堅持。

見怎麼都無法說服警探先生，小薔立刻把目標轉到我身上。

「大小姐是嗎？我來搬這些行李好不好？余大的身體很重要，等等我們就要拍照了，擔任MD的余大的身體不能出現勒痕。」

「我沒關係。」我看向警探先生。「謝謝你送我過來。你接下來的工作是在表姊家？」

「我開的是便利屋。」他聳聳肩。像是擔當攝影MD這工作對他來說很尋常。

這樣更好，MD比一般人還會擺姿勢，也撐得久，可以畫個盡興了。

太好了，剛還以爲自己暫時不想畫畫了，幸好有提起興致。

「太好了，你們先進去，這些東西我來搬就好。」

我道了聲謝，這才跟著警探先生一同入內。

走進門，踏入冷氣過強的橫向長方形房間後，首先吸引我目光的是我的左手邊，也就是長型空間的左側牆面上的巨大布幕，旁邊共有三臺立燈對著布幕打光，每盞燈旁都有人站著，面對著布幕正中央的則是一台鎖在腳架上的相機，地上散置著反光板。

房間後方，也就是我的右手邊，窗前也都拉起了徹底阻斷光線的窗簾，該處人聲鼎沸，道具堆雜；人群中散置著長桌，一桌都是吃的，一桌都是喝的，一桌則是各種化妝品和配件，旁邊還有一掛滿各式男裝的活動衣架。

「大小姐沒進過攝影棚嗎？」

「沒有。」我後知後覺的將大張的口闔起。

「余大，你總算來了——唉唷！這位漂亮的妹妹是你的？」某個穿著時髦，明明是男子卻細細勾勒眉眼的人，肆無忌憚的打量我。

「客戶。」他沒有多加解釋，而是帶著我走向一位與西裝男子並肩坐在電腦前，穿著白襯衫配牛仔褲，頭髮削的極短的纖瘦女子。

「葉老師，人就交給妳了。」警探先生對我說道：「她就是妳的表姊，葉實秋。」

葉實秋雙手環胸慢慢轉過身，露出那張精緻五官中依稀能看到母親些許影子的面容，其中最明顯的是那雙和母親幾乎一模一樣的綠金色瞳眸。

啊，我們果然是親戚。

她淡淡的瞥了我一眼後，目光又轉回電腦前，說：「今天要麻煩你了，余勵暹余大哥。」

「客氣了。」警探先生一面說一面脫下外套，交給我後，便朝著方才那位畫眼線的男子走去。

我這才發現原來那人是化妝師，因他正準備給警探先生修鬍子，方才亂成一團的鬍渣，三兩下便變成小勞勃道尼在《鋼鐵人》中的鬍型，一整個帥氣英挺了起來。

然後他毫無顧忌地當眾脫衣脫褲，露出彩色條紋四角褲，在造型師的幫助下一件件穿上他們準備的英倫風三件式西裝，擦得錚亮的皮鞋、名貴的手錶、紅脣印領帶、僅只在外套口袋露出一點點三角頭的小圓點手帕。

轉眼間，一位成熟又帶點痞子味，看起來很是性格的中年紳士出爐了。

表姊也於相機後就定位。

「開始吧。」方才坐在表姊旁邊的西裝男子下令。

攝影棚的氣氛頓時變得嚴肅緊繃，所有人都各就各位，屏氣凝神地看著警探先生一步步地走至布幕前，燈光如火柱般灑在他的身上，使他的輪廓蒙上一層淡淡的光暈。

接著，他隨手插腰，姿態瀟灑地對眾人擺出意若深長地笑。

劈哩啪啦的快門聲響起，他一面換動作，一面在表姊的指示下微調四肢與臉部肌肉，又或是脫下外套，拉開領口、燦笑、挑眉、噘鼻、呲牙咧嘴、脫去鞋、穿上鞋。然後火速換另一套裝，再一套，再一套，布幕和道具也隨之替換，增減。

我看的眼花撩亂。

「讓開。」某位搬來詭異雕像的工作人員喝斥。

「啊，抱歉。」我連忙站到旁邊。

「踩到線了。」顧棚燈的人低聲說。

「抱歉。」這回我直接退到牆邊，這裡雖然離警探先生最遠，卻是最能綜觀全場的地方。

這時，我才清楚看見工作人員搬去的雕像雖同樣是石膏像，卻不是常見的人頭塑像，而是以展翅的蜻蜓取代人頭的詭異半身像。

警探先生剛看到這雕像時，幾不可見的微微挑眉，使得眼角的魚尾紋紋路更深了，而後隨即與蜻蜓頭雕像互動，一下子咬它的翅膀，一下子與它勾肩搭背，又或是高舉雕像，擺出砸碎或舉重的姿勢。

而他越是得心應手的與蜻蜓頭雕像互動，表姊拍照的速度越慢，也下了更多更細微的指令。

方才普通的商業照，漸漸變成了藝術照。

我想這才是表姊眞正想要拍的畫面。

儘管從我的角度，只看得見表姊那微微佝僂的背脊，但我知道她現在非常投入，因她和警探先生之間的火花如黑夜中的燦星般刺目，可以清楚感覺到兩人正在進行某種不知名的角力，沒有人可以輸，也沒有人可以贏。

否則都將被這越來越高壓的氛圍給燃燒殆盡。

想必這氛圍肯定都烙印在照片中了吧。

「和畫畫完全不一樣啊……」我低喃著。

這是另外一個世界。

「葉老師今天也太猛了吧。」某位工作人員悄聲說。

「不曉得今天幾點能放飯……」另一位手拿平板電腦的工作人員低嘆。

「對吼！葉老師一進入狀況就會忘記時間。上次我餓到差點暈倒在廁所。」

「拜託，你那是爲了減肥故意餓的，和老師無關。我是擔心老師像上次那樣……拍到一半突然暈倒。後來好像是說前一天爲了調整隔天拍照用的雕塑，沒吃也沒睡的緣故。」

「這次不會啦！監督一到就拿著早餐，假借再次確認今天拍照的流程，實則是故意找老師一起吃飯。」

「那就好。上次好險。」

「藝術家不都這樣。」工作人員聳聳肩，像是見慣不慣了。

「時間差不多了，我得提醒監督宣布休息，大家餓了可以隨時從桌上拿東西吃，老師可沒辦法這樣做。」語畢，手拿平板電腦的工作人員，躡手躡腳地走至方才表姊待的電腦處。

看到呆的我因爲這段話而回過神，一股內急的感覺湧上，小心翼翼地放下外套，詢問某位工作人員廁所的位置，對方好心的領著我沿著牆走，直到繞過工作人員們聚集的地方，他在一扇據我推測應當是通往其他房間的門旁，按下其中一個開關，我這才發現原來攝影棚右側的牆上似乎掛了不少東西，剛進門時沒有注意到，是因爲這些作品被環繞布幕的立燈給擋住了。

「布幕後面就是廁所，小聲點。」

「謝謝。」

我一面瀏覽牆上的作品，一面刻意放輕腳步的往布幕後方走去。

直到看到這些黑白照片，我才明白爲何才剛復出的表姊能被稱呼爲「老師」。

她無疑是有天分的。

我不太懂攝影，但創作萬變不離其宗，皆是呈現「美」的各方面。

這些照片美極了。

模特兒和各種詭異的斷肢雕塑互動，充滿了力與美，以及超現實派達利大師畫作中的奇妙詭譎感。令人忍不住想要深究、但太過深入，又恐懼會被其中某種誘人發癲的瘋狂給傳染。

等走至盡頭時，我也來到最後一張照片。

很稀奇的，這張半身照中沒有那些詭異的雕像，只有一位上身赤裸的男模特兒，背景是簡單的黑幕，他坐在某個物件上，側著身，上半身略略往鏡頭轉了幾些許即停，頸項則是繼續轉動，所以乍看之下這張照片很像是男模特兒被某個人喚了聲，隨即回頭，認出身後的來者是誰時，所拍下的一瞬間。

他非常美。

這美並非單指那宛若天神親手打造的完美五官，也不是那堅挺細長的鼻樑、嘴角略翹的菱唇、或眼尾飛揚的深邃雙眸，更不僅僅是他被相機捕捉到的那一剎那的歡欣愉悅，讓整張鵝蛋型的面容，像是以世界上透光性最好的大理石所打造的雕像般，散發出曖曖內含的光芒，而是這一切的一切所凝聚他之所以是他的全部而形成出的美。

我從沒見過如此吸引人的人。

更無法想像活著的他的一顰一笑，那該會是多麼的勾人心魄。

這張照片拍的極其生動，彷彿能預見下一瞬間他就會從照片走出來，對我眨眨眼。

他太完美了，完美到不該活在這汙穢的人世間。

完美到……唯有受到穆斯女神眷顧者，才能畫出的完美男子。

然後，當這位眷顧者畫完這幅畫時，一定會瘋掉。

因爲他的藝術家人生將到此終結，他再也不可能畫出比這更完美的畫了。

這對渴望一生創作不綴的人來說，無疑是死刑。

但也是無上的榮耀，因無論是哪位創作者，都渴望能創作出名留青史的完美作品。

爲此可以廢寢忘食、放下自我、脫去世俗框架，用自己的血與魄、奉獻一切，餵養出永世不朽的曠世巨作。

爲什麼表姊還能繼續拍呢？

如果是我，肯定會就此停止。

「不能再看了。」

我逼自己移開目光，進去廁所。

而他的面容已然深深烙印在我心底，無法抹滅。

☾⋆

「餓暈了？」

清淡如水的聲音如鈴。

回過神的我搖搖頭，捧著熱碗，喝了一口湯。

泡麵的香氣在小巧的廚房兼餐廳中如霧繚繞。

表姊沒有繼續問，而是目光飄渺的望向廚房的窗外，深深的吸了一口菸，吐出，神態疲憊，兩眼的黑眼圈極深，使表姊的面容有股恍惚的朦朧美。

我沒有問她怎麼了，我知道這是在創作時太過投入，全身心皆燃燒殆盡而顯露的虛脫感，母親也常這樣。

靜靜的捻熄菸，表姊才又開口。

「我不會照顧妳。所有的食物和生活必需品廚房裡都有，想吃別的就自己走去村裡。衣服、房間的整潔等妳都自己負責，我不管也不會幫忙，太髒妳就滾蛋。平日也別來打擾我，我只是提供一個房間給妳暫居，妳若不喜歡隨時可以走，要去哪裡自己想辦法，不要叫我送妳，我沒空。」

我點點頭，並也鬆了口氣。

家風自由，所以我也是自主慣了的人，幸好表姊不是那種以為是長輩就可以管手管腳的人。

「請問這裡有地方給我倒清洗油畫畫筆的溶劑嗎？」

「妳畫畫？」表姊不太感興趣的問。

「嗯。我畫油畫和水彩。這裡很美，我不想亂倒溶劑汙染環境。」

她眼神又飄渺了一會兒，才說：「等等我會拿一個不鏽鋼桶放在廚房，就倒那。工作室不得任意進入，不管我在或不在都不准。」

「我知道了。」喝乾最後一口湯，我起身，在流理台用水沖了沖空碗，才連筷子一同丟入垃圾桶。

清冷的目光一直跟隨著我的動作。

「有問題嗎？」表姊問。

「出入要報備嗎？」我說。

表姊思考了一會兒，指向冰箱門。「留張紙條。工作時我不喜歡被打擾。」

我點點頭。這習慣和母親一樣。看來我應當能住得習慣了。

不知爲何，此時我的腦海浮現那張男模特兒的照片。

一股衝動催促，我攢緊拳頭忍下。

「這裡有WI-FI嗎？」

「有，沒設密碼。」

「跟我來，我只介紹一次。」

於是，我隨著表姊踏上貫通屋子前後的長廊。

「這裡就是你的房間。」

我看了一下，我的房間剛好在廚房旁邊，很方便。

而我的房間門旁邊另外有個對開的門，正是通往攝影棚的門，也就是上午去廁所時，工作人員幫我開廁所燈的開關之處。

「廚房隔壁是廁所，平日我們都用這間，攝影棚後的那間別去，沒必要刷兩間廁所。」

「知道了。」攝影棚的廁所應當是給其他前來這裡拍照的人使用的。

再往前走，經過了廁所，接下來的房間是表姊的房間，而表姊房間對面則是工作室。

看來表姊家的配置很簡單，正方形的建築橫剖分爲二，靠近大門的那塊是攝影棚，靠近內側的這一部分再分一半，左側是表姊的房間和工作室，右側則是我暫居的房間，廚房裡面有一扇通往後院的後門，居中的是廁所。

她打開工作室的鎖，拉開橫向的門，隨著燈光的亮起，一間大小約有攝影棚的二分之一的空間出現在我眼前。

非常大，各處皆整理的很整齊，這點就和母親不太一樣了。

寬敞的工作桌上面擺著幾個還在塑形中的人體斷肢末端，以及漸漸變成另外一種生物或詭物的雕塑、轉盤、依序排列的工具，靠牆處則是擺著電腦桌、存放相機和底片的防潮箱、冰箱與簡單的流理台、以及高度與天花板同高的置物架，其上放著各種已完成或未完成的塑像、陶土或黏土、堆疊成塔的桶子、製作骨架用的木板和鐵線等，皆井然有序的各就其位。

但最吸引我的並非這些器具，而是將豆腐屋旁的池子與森林景緻，毫無保留地接進室內的落地窗，及地的遮光窗簾在窗子的兩側默默無聲的靜立著。

這是藝術家們夢寐以求的工作室。

眺望那逐漸染上夕陽色彩的池子，我開始期盼住在這裡的自己能畫出怎樣的風景了。

☪

「創作是與真實的自己面對面。」

每次面對畫布時，腦海中都會浮現母親說過的這句話。

一般人小時候可能是看著母親在廚房的背影長大，而我卻是看著母親面對畫布的側臉長大。

母親繼承了外公的德國血統，雪白肌膚，綠金色的美瞳配上中國人鵝蛋臉，是一張揉合西方人的深遂及東方人的內蘊氣質的面容，故母親享有「美人畫家」的稱號。

但他們都不知道，平日笑瞇瞇的母親，在面對畫布時的表情之端凝肅穆，像是直視著內心深處最私密、最不堪、最隱晦之處，以畫筆和顏料為媒介，轉化成一幅幅享譽國際的大作。

我很喜歡母親創作時的側臉。

那是我所憧憬並嚮往的姿態。

現在的我，也是同樣的神情嗎？

我不知道，我只知道我停不下筆，自從翻開素描本，手持素描筆後，我便停不下來了。

回到暫居的房間內，拿出素描紙筆的我，閉上眼睛，等待腦海中浮現的第一個畫面。

這是我的習慣。

每日睡前畫一張當天印象最深刻的圖，母親說這樣子長期下來後，可以養成自己的風格，還能維持手感。

只是，我原以為自己回到房間後畫的會是警探先生，他眞的勾起我的興趣了，豈料下筆後畫的都是表姊拍的那位男模特兒——完美的男模特兒——我在心中如此取名著，因為那些照片都沒有命名，所以我也沒辦法上網查他的資料。

我不想問表姊，那太無趣了。

畫到他的眉時，我想像著他的眉毛摸起來是粗粗的，還是滑順的。

畫到他的鼻背時，我想像著那一塊略微凸起的鼻骨，使他的個人特色變得何等的明顯，整張完美的面容也因而多出了有趣的鼻影。

畫到他的唇時，我想像著柔軟、吐息與溫度。

畫到他的下巴時，我想像著……

「嗡嗡——」

一陣細碎的聲響打斷我。

「爸，我快畫好了，再等一下。」我隨口虛應，但穆斯女神眷顧的靈恩已然逃竄，我嘆了口氣，小心翼翼地在完美男模特兒的頸項摩擦，好讓線條變成一片朦朧的陰影，也使得他那宛若透明度極高的大理石肌膚，變得更為柔和溫潤。

「爸你每次都……」

抬起頭，出現眼中的是幾乎直抵天花板的長形木格窗，我呆了片刻才意識到這裏不是我的家。父親不在了。

「嗡嗡——嗡嗡！」

回到現實，我掀開隨意脫下的外套、襪子、散置的行李、方才洗完澡時用來擦頭髮的毛巾，以及一張張畫好便撕下隨手放置的素描，費了半天工夫才找到洋裝並從口袋掏出仍在嗡嗡叫的手機。

查看後，發現原來是班長傳簡訊，通知我說已經把我加入臉書的活動。費了一番功夫才想起臉書密碼的我，登入看活動內容後才想起是暑假作業之一的觀摩報告。

「是參觀攝影展啊……」

就在這時，手機又嗡嗡叫了兩聲。

「明早十點於阿勃勒樹下。」這回是警探先生用LINE發訊息給我。

「知道了，到時見。」直到這話傳送出去後，我才覺得飄忽不定的心緒總算回到我的胸膛內，進而想起一件很重要的事情。

「糟糕，我沒和表姊說明天約了警探先生畫畫的事情……」好麻煩。我心想著。但仍用素描本寫上留言，然後披上外套，起身到廚房留言。

旋開喇叭門鎖，長長的走道幽暗靜謐，我屏息靜聽，只有風過樹林的沙沙聲。

表姊睡了？

躡手躡腳地走進廚房，開燈，用冰箱上的磁鐵固定留言。

畫到口乾舌燥的我，在流理台上找不到杯子，便隨手打開櫥櫃門，發現有很多罐頭、調理包和泡麵。

「表姊很不注重飲食啊。」和母親一樣。

找不到杯子，我只好從流理檯下的鍋碗瓢盆中取來飯碗，直接喝放在冰箱門旁的壺裡的水，並走至廚房的窗戶，一面賞夜景一面咕嚕咕嚕的喝水。

或許是因爲位在森林裡的緣故，表姊家外一片黑暗，所幸今晚圓月高照，夜空晴朗無遮蔽，故等眼睛適應後，稍微能看見撒在表姊家後池面上的瀲灩月光。

因爲想看得更清楚些，於是我關掉了廚房的燈，閉了閉眼，再張開後，果然能更清楚的看見月下池畔的空靈景緻，甚至還捕捉到了螢火蟲的飛行軌跡。

就在我猶豫著要不要出門身歷其境時，池面突然出現一窗型光影，其中佇立著一位身形纖瘦的女子身影。

是表姊。我心想。

女子俯身，做出拿起某物的動作。

是市內電話，我還以爲是我剛剛吵醒表姊了。但是……剛剛沒聽見電話聲響啊，應該是撥出去吧？

不及細思，表姊的聲音從窗戶透了出來。

「是我。嗯，早上來的……不會，哪個工作不辛苦？」表姊低笑，似乎很愉悅。

我想像不出表姊笑起來的模樣。

「看起來很乖……誰知道呢？」表姊用手指捲纏著電話線。「畢竟我們家可是擁有魔女的血統……你最清楚，不是嗎？」

魔女的血統？

「放心，她很快就會離開了。因爲……」表姊頓了頓。「……我們家有鬼啊！」拉長的語尾有種莫名的詭譎感。

鬼？我下意識地張望四周，方才如夢似幻的月下池，現在已變成了詭譎幽黯的深池。

吞了口唾沫，我小心翼翼的關上廚房的窗，打開房門，竄進去，藉著收拾房間好讓心跳恢復正常後。

這晚，我沒有關燈就睡了。

表姊家有鬼？

沒想到，這個疑問居然是在隔天的一大早得到證實。

看著宛若颱風過境後的房間，以及被撕的粉碎的素描紙，我直覺表姊家這裡真的有古怪，而且這個鬼應當不太歡迎我。

唉，畫是無辜的啊。

第二章　畫筆所描繪的僅非眼中所見的眞實，攝影所拍下的是個人眼見的眞實

「妳是豆腐厝阿多啊的親戚？」

茫然地抬起頭，剛架好的寫生畫架遮蔽我的視線，於是我站起身，便見阿勃勒樹不遠處的三岔路口，一位坐在發財車駕駛座的農婦，正從大開的車窗外朝我揮手，後車載貨處滿載仍沾有泥土的新鮮蔬果，除此之外沒有其他人，想來方才詢問我的人正是她。

除非鬼在大白天也能出現。

「是……」我說，雖然我只聽得懂親戚二字，但這裡只有表姊一戶，肯定是指她了。

「啊我是給妳親戚送蔬果的農家啦！妳不要太靠近那棵樹啦。」農婦彆腳的說著台灣國語。

沿著她的目光看去，我才發現她指得是花開極盛，使得附近的碎石地皆籠罩在一層黃金花瓣中的阿勃勒樹。

「爲什麼？」

「那棵樹很邪啦！三年前突然枯死吼，村裡的人都說是被雷公伯劈了，哩乾災天公伯要讓樹枯樹就只能枯啊。但是吼，今年突然花開整叢，偶們就不讓小孩子來這裡了。但那些夭壽死因納，老愛到這

玩什麼試膽……」農婦那混雜著台國語的腔調說到這裡時，忽然用她那爬滿皺紋的雙眼，望向阿勃勒樹旁，也就是我與畫架的所在小徑盡頭。

我自認觀察力不錯，基本上，這是一位畫家該有的基本技能。所以我很輕易地便捕捉到了農婦眼中一閃而過的異狀——那是恐懼，對未知的恐懼。

「豆腐厝……乾金價有不乾淨的東西？小朋友共無跨丟美麗的鬼。」

腦海深處閃過昨晚表姊說的話，還有……今早房內那讓自己收拾了許久才收拾乾淨的碎紙——畫了一整個晚上的素描。

我有這麼累嗎？有人闖入房內都沒有感覺？

但一想到自從發生車禍後，接踵而來的所有人事物，好煩……一股暈眩讓眼前發黑，我連忙拿起放在一旁的寬帽，戴在頭上。

「應該沒有，否則表姊怎麼可能在那裏住呢？」我敷衍地說。

這次農婦眼中漾起的情緒非常清楚，不是畫家都看得出來——那是深深的不信，以及八卦慾沒有被滿足的懊惱感。

於是，我笑了。

農婦似乎被我的態度弄惱了，她忽然用台灣國語拋下一句：「小姐妳若是看到小朋友朝這走，一定要把他們趕開，別讓他們進去打擾你們嘿！」的叨絮，就開車離開了。

扭開水壺，我將乾淨的水倒入洗筆筒，然後把塊狀水彩盤拿在左手，右手從袋子裡拿出素描筆，稍微在楓丹水彩紙上畫出阿勃勒的大致輪廓，再換拿水彩筆，沾水潤色，等紙張稍乾，便細細地勾勒那一串串又像風鈴又像葡萄的黃花串，同時空出陽光灑在其上的亮面作留白，這樣花瓣會更立體，也能藉此呈現日陽撒落的感覺。

接下來我在畫面右側拉出兩條貫穿畫面的碎石徑當作背景，圈出阿勃勒樹身倒映在路上的陰影，草率的構圖便完成了。

能安靜的畫畫眞好。

現在，我的世界裡僅剩阿勃勒與畫紙，再無其他。

繼續調色。

「鵝黃、鴨黃、檸檬黃；柳黃、蔥黃、韭菜黃；藤黃、雌黃、茉莉黃⋯⋯」

「在唸咒文嗎？大小姐。」

聽聞此聲，我沒有抬頭，因爲蓄滿透明水彩的畫筆，已然於畫紙上跳耀，不能停下，否則一鼓作氣的氣勢將會流瀉一地，再也不復返。

所幸，來者也未繼續發聲詢問。

我先大面積的將最淺最透明的檸檬黃，塗抹於阿勃勒花處，然後再依照光影和顏色濃淡的變化，一一塗上各種黃色，並以卡其、咖啡和橄欖色勾勒輪廓或細描枝椏。

這時，越畫越投入的我漸漸恍惚了起來，越畫越隨心所欲。

換支乾淨的筆，準備調和藍色。

乾淨透徹如果凍的藍、憂鬱如潮溼雨夜的藍、綠松石藍、嬰兒藍，以及母親有一陣子很愛用的岱青，還有耀眼的紅。

一位矗立在小徑盡頭的人躍然而現。

他的身影朦朧，看起來像是一抹因地面澳熱而出現的水蒸氣，卻有著近似人的外型。

這是誰？我在畫誰？

我不知道。

柔韌的筆尖沾了沾純粹的紅，我想把他再勾勒的清楚點，但不行，如此一來畫面會失衡，因爲這張水彩的重點是阿勃勒，它才是需要我細細描繪的主角，不是這個突然自己躍出紙面的人？

可是……這樣薄如絲帛的紅是不夠的，不應該這麼透明，應該要……

想歸想，畫筆卻遲遲無法落下。

打火機的卡鏘聲響起，將我從畫畫的世界抽離出來。

我回到了現實，過了一會兒，恍惚的視線才逐漸對焦清晰。

眼前的畫令我微微瞠目，因爲這畫和自己原初預設不同，我沒有打算在小徑上畫那抹朦朧的身影，而也幸得有這抹身影，使得此幅畫從一幅簡單普通的風景畫，轉變爲空靈且充滿綺思的超現實畫。

這是自己畫的嗎？

我既驚喜又駭然。

站起身，我後退了幾步，想要以更全觀的眼光看這幅畫。

「那是誰？」警探先生的聲音從身後傳來，我愣了一下才想到他剛剛就到了。

「我不知道。或許是個鬼……」

身後安靜了半晌。

「鬼？哈哈哈——」他爽朗地拍膝大笑，化解了靜謐的氛圍。

「警探先生你要嚇死人啊？」我撫了撫心跳急促的胸口，隨即失笑。

我剛說了些什麼啊？都是表姊那通電話害的……

「哈哈！抱歉抱歉，但這眞的太好笑了。哈！這世上沒有鬼，大小姐。否則那些逍遙法外的犯人，早就從世界上絕跡了。」他的語氣瞬間從歡快轉爲嚴肅。「被那些冤死的人給抓去償命。」

「我知道了，警探先生。」我乖順的說。

「就說我已經退休了。叫我余大哥或大叔，都可以。」

「那……」我轉過身。「警探先生？」這才注意到他今天僅穿了白色棉衫和牛仔褲，整個人顯得比上回見面時還要年輕不少。

他搔搔頭，一副不想再和我計較的模樣。「算了。大小姐要開始素描了嗎？」

「我不是大小姐。」

「妳就是。」

不善常與人爭論的我，悻悻然地回過身，收拾寫生箱。

「不畫了嗎？」他動作自然地幫我提起畫架。

「下次吧。」說歸說，我卻沒有信心自己能把這幅畫完善。

我總覺得這幅畫不是我畫的，這不是我的畫風。

可這種事情說出來沒人能了解。

「還適應嗎？」

「嗯？」

「葉老師家。」

腦海浮現今早睡醒時看到的凌亂場面，以及昨晚表姊說的注意事項，心底話就這樣脫口而出。

「表姊好像不太歡迎我。」無論怎麼想，我都覺得撕畫的人是表姊，這才是最合理的假設。因爲豆腐屋只有她和我，但是，表姊爲何要撕掉我的畫呢？怎麼都想不出個所以然。

「怎麼說？」

就在我思索要不要說，以及該怎麼說之際，手機鈴聲響起，我翻找了一會兒，才從外套口袋找到手機，螢幕顯示來電者是大伯父。

嘆了口氣，我無奈地按下通話鍵。

「大伯父早。」這回我搶先問候，免得又被他罵。

「現在馬上過來醫院一趟。」

他的語氣有點著急。使得我的心跟著漏了一拍，隨即會意過來。

「妳母親醒了。」

「我知道了。」

然後他便掛了電話，毫不關心我該怎麼從這裡過去。

大伯父就是這樣的人，他向來關心的都只有母親和母親的畫作。

「警探先生，可以先載我去醫院嗎？大伯父說我母親醒了。」

「沒問題，我們先把東西放好。」

我胡亂的點頭虛應，滿腦子都是消極的猜測——母親醒來應該是件好事，爲什麼大伯父的語氣卻這麼著急？

我懂了，肯定是母親想要見我。

「不是壞消息。」我對自己說。

警探先生在門外等，我匆匆將東西放在房內，抓起背包後，經過廚房時想到該留言和表姊說一聲，於是又衝回房間隨手撕了張素描紙，寫上留言和自己的聯絡方式，便和昨晚留下的紙條一同貼在冰箱門上。

昨天的紙條還在，所以表姊還沒有起床嗎？

這樣的念頭僅僅只是一閃而過，便消失不見。

隨即我又想到昨天來時車程蠻久的，便打開冰箱想看看有沒有瓶裝水，可以帶到車上給警探先生喝，卻發現裡面堆滿了啤酒、碳酸飲料、鮮奶和微波食品，昨晚喝的壺裝水已經重新裝滿了。是表姊裝的吧？那她應當有看到紙條，或許是看完後沒有拿下來。

找不到適合帶上車的飲料，無奈之餘，我回房拿出背包，就這樣跑出屋外與警探先生會合。

可是他人卻不見了。

「警探先生？」我不敢太大聲喊，免得吵到表姊。

隨即他便從房子的左側走了出來。

「你去哪了？」

「丟菸蒂。」

「喔。」

我想起方才他剛到時有使用打火機，便點點頭，和他一同快步朝小徑走去。

「快走吧。」他率先邁開腳步。

「嗯。」我也跟上。

但不知為何，心中突然湧起一股騷動，我一面走一面回頭看，卻見表姊家後的豌豆池一片波光瀲灩，除此之外，什麼異狀都沒有。

☾⋆

醫院是乾淨的灰色調。

所有顏色都調上了淡淡的灰，無論是上下兩色的白綠牆，還是醫生護士的制服，又或是病人袍，還是櫃檯旁的小小盆栽，再再都是為了降低鮮血造成的視覺疲勞而刻意挑選的。

或許正是因為如此，醫院總是給人冷的印象。不僅僅是因為冷氣強。

送我走入大廳時，警探先生欲言又止了一會兒才說道：「我在樓下的咖啡廳等妳。」

「嗯，謝謝。」我很高興他並沒有提出陪同的詢問。

我想自己去。

可是，雙眼卻背叛了我的決定，緊緊跟隨他因身穿合身棉衫，而略略浮現的結實背影，粗壯的膀臂，穩定而幅度大的步伐。

他看起來是多麼的健康，病痛和他毫無關係，而這並非他身在醫院才讓我有此感，而是他之所以是他的成熟果敢，足以抵擋所有不幸。

和表姊拍的完美男模特兒完全不同的類型。

畫興又起，我攢緊雙手，在人聲鼎沸的寬廣大廳中找了一會兒，才順利搭上電梯直上九樓。

踏出電梯後，我便無法繼續前進了。

因爲……等在前面的很有可能不好的消息，現在的我絕對無法承受更多的壞消息了。

更多的是……我不想面對現實。

總覺得只要踏進母親的病房，便無法再逃避了。

我該怎麼和母親說父親不在了？

就連我自己都不想聽啊！

好想畫畫——

「靜顏妳總算到了。」大伯父刻意裝出的和藹音調，隨著攢緊我左腕的痛楚一同撞入我的世界中。

等我意識到時，他已經拉著我進入母親的單人病房，拉門在我身後以不重不輕的力道闔起。

大伯父的笑臉也因而卸下。

而這時我已然無法提起精神架起保護自己的壁壘，因爲母親的模樣完全不如我所設想。

她的雙眼完全失去了以往那燃燒生命而活得燦爛的熱情，變得枯槁失神，彷彿躺在搖高的病床上的人只剩下空殼，魂遊向外不知返。

「媽，妳……怎麼了？」我坐在床沿，對彷彿小了一號的母親伸出手，卻遲遲不敢碰觸，此時的她如此脆弱，彷彿下一個瞬間便會如泡沫般消失。

「妳母親醒來後就是這樣了，快把她喚醒，隨便妳用什麼方法都可以……」大伯父焦急難忍的催促。「書畫她不能就這樣拋下我們！」

無暇深思大伯父的話中之意，我的腦袋急遽的運轉起來。

用什麼方法喚醒母親？我不知道。

我和母親之間的交流都建立在畫畫上面。

從小幫傭的管家曾說，母親畫我的時間比抱著我的時間還要長得多。

我相信，因爲家裡有幾幅被評論家稱爲「初爲人母時期」的畫作，那是嬰兒時期的我，雖然看到自己光著屁股或身子的模樣很害羞，但畫中滿溢的愛與熱情，讓我能深深相信自己是被愛的，否則沒有人能畫出這樣的畫。

我覺得我很幸福。

任誰都有自己的興趣嗜好，或菸酒、或攝影、或與人來往交際、或養花蒔草、或旅行，母親是畫畫，僅此而已。

是了，可以用畫畫啊。

思及此，我從背包拿出素描筆和素描紙，踢掉鞋子，盤坐在病床上開始速寫母親。

母親的模樣或許我比她還要清楚，我是從小畫著她長大的。

所以當母親的模樣漸漸出現在紙上時，她的改變比眼見更能讓我清楚地體會到。

金綠色的雙眸蒙灰。

她變了。

或許再也不會甦醒。

心中湧起一股深深的恐懼和欣羨。

爲什麼會變成這樣呢？

我畫不下去了。

隨手用無名指將母親眼中的線條抹成一團迷霧，我將素描本反過來拿，好讓母親能看見。

「媽……」喉間緊澀。

這時該說什麼才好？

不要拋下我？

尖針般的靜謐降臨，我全身發麻。

「書畫，靜顏來了。」

大伯父的手按在我的肩膀上，他的緊張感毫無遮掩地傳了過來，我動彈不得。

微熱的潮濕南風夾帶著樹葉的氣息飄入房內，母親渙散的雙瞳咕嚕地轉了一下，視線漸漸凝聚，而後定焦在素描本上。

她看到了，她知道自己有多憔悴了。

她沒事了。

這念頭才剛閃過之際，母親驟然開口道：「在旭呢？」聲線乾澀，其中滿含的深重愛意。

我和大伯父都說不出話來。

「在旭在哪?」巡弋的目光定焦在我身上。「靜顏，妳父親呢?」

「父親他……」車禍發生瞬間的白光和高熱，以及雙親的驚呼在腦中閃過，我說不出話來了。

這時，我很感謝大伯父的手掌是那麼地用力按著我的肩膀，否則隨著此問話而蔓延至四肢百骸的顫抖，肯定會將我摧毀。

儘管我開始覺察自己已瀕臨崩潰的邊際。

母親綠金色的瞳眸轉為看向大伯父，我感覺到大伯父也遽顫了一下。

他一直都這樣，在我面前總那麼趾高氣昂，但在母親前卻像個一直要糖的小男孩。

「在恩大伯，旭呢?」

「妳不知道嗎?」他的聲音平靜的嚇人。

「為什麼這麼問?」母親的雙眼漾滿疑惑，她是眞的不知道。

啪的一聲，太過緊綳的我將素描筆折斷了，艷紅的血從被筆身擦傷的傷口滲出，蜿蜒而下，滑過母親的畫像，單純的黑與白的畫面，瞬間嬌豔了起來。

好美。

我在想什麼啊!

「靜顏，妳父親呢?他不可能在這種時候拋下我。」

母親說得很對。

記得有回母親只是削鉛筆時不小心削去一片皮，剛好看到此景的父親便火速將她送急診了，甚至還急到哭了。至此之後，我們的素描筆多了一倍，而且都削的漂漂亮亮。但當初傷到母親的筆和刀都不見了。

現在，父親也……

我說不出來，我不想相信，我不要接受現實。

我想畫畫。

母親從我的表情讀出了些許信息，混血兒特有的姣好面容緩緩凝肅起來，綠金色的瞳眸中燃起我所熟悉的火焰，儘管是那麼的微弱，但總比無神時還令人放心。

「在旭他怎麼了？」以往沾染顏料的纖纖素手，現在則是暗藏著深褐色的血，她緩緩攢緊雪白的床單。「說啊，你們爲什麼都不說話？他在哪裡？」

「母親妳冷靜點……」我只說得出如此虛無的安慰。

「爲什麼我在醫院？」她的音調逐漸拔高。「在旭呢？他在哪？他在哪裡？回答我啊，靜顏、在恩伯父。」

「大伯父，還是我們等母親比較平靜了再……」母親才剛甦醒，我實在不想……不，是我不想說，說了就會成眞了。

「小弟死了。」大伯父的話打碎我的癡想，也讓母親的面容變得一片空白。

「他死了。被妳害死的。」他語氣平靜地像是在說今天天氣很好似的。

「不、不可能……」母親緩緩搖頭。

「妳發現他有外遇……」

大伯父的話被杯子砸到牆上的清脆聲響給打斷。

「胡說胡說胡說！」母親又拿起床旁置物櫃上的保溫瓶，但可能是太重了，保溫瓶並沒有朝著大伯父飛去，而是重重地落在床邊的地板上，頓時變成了一攤水窪，倒印出我的呆滯表情，以及身後大伯父額角抽動的猙獰面容。

或許是因爲水的漣漪，但我好像看見大伯父的唇角幾不可見的微微一揚，而後褪去。

「他死了。」他再次重申，酷似父親的面容凝重嚴肅。

大伯父怎能如此毫無感情的說這麼悲傷的事情？

父親他死了啊！

一股複雜的感情逼得我大吼道：「閉嘴！」

我轉身下床推開大伯父，想把他趕出去，高大的他居然就樣被我推到撞牆，而我則是動彈不得的站在水窪中，看著母親漸漸發狂的拔點滴線、抓扯頭髮、咆嘯如瘋婦。

「在旭——」掏心撕肺的哭嚎如利箭射穿我的心。

「媽，我還在啊。」我撲了過去，母親將我揮開。

那雙金綠色的瞳眸僅剩瘋狂的悲痛，已經看不見我了。

發現房內騷動的醫生和護士們衝了進來，將我和大伯父趕到一邊，準備給母親打針，但母親掙扎得太厲害了，她們只得一面壓制母親，一面徵求大伯父的同意，好用繫帶將母親的手綁在病床旁豎起的欄杆。

藥效發作，身體違反母親的意志，漸漸放鬆，她的眼神也逐漸空洞，飄渺。

我的心也隨之變成碎片，那些想畫的構圖，想描寫的風景，想細細雕琢的人事物，全都和母親的神智一同遠颺了。

醫師和大伯父交代了些事情，便領著護士們離開了。

病房又只剩下我和大伯父兩人。

他吐了口濁氣，筋疲力竭地在沙發上後仰，單手揉著眉心，訂做西裝皺起一片皺紋。

「妳母親……可能瘋了。」

注視大伯父那薄薄的唇，我發現我什麼都聽不進去。

我好氣，他怎麼可以就這樣把眞相說出來！

但內心深處的某個我卻也因而深深的鬆了一口氣，覺得攤開來說了也好，這種事情不可能瞞一輩子。

啊啊啊——何等卑鄙的我。

轉而望向水窪中的自己，我好想就這麼融化進去，消失不見。

「如果書畫的情況一直沒辦法好轉，靜顏，我將會成爲妳的監護人。」

我猛地抬頭。

大伯父疲捲的揉著眉心。「精神病患在法律上被視爲七歲以下的爲行爲能力者，反倒需要法律上的監護人，目前最適合此一職任的人是我。」

大伯父語氣極其自然，順理成章，令我不禁設想他是不是早就算到這一步？

我不要。

母親還活著，大伯父又不是醫師，他怎麼能如此簡單的認定母親瘋了？

爲什麼事情會變成這樣？

「妳放心，我會好好照顧妳的。等書畫好轉，我會請律師提出撤銷監護，一切就都會和以前一樣了。」

那我自己的意思呢？

我好想把這句話摔在大伯父的臉上，卻說不出話來。

「這些話妳不要和別人說，尤其是報章雜誌的記者。妳應該知道妳們家現在的情況很不好……車禍的訴訟可能會讓妳們身敗名裂。」

「不會的。」我虛弱的辯駁著。

他皺起那雙和父親幾乎一模一樣的眉，一股噁心的感覺在我胸口翻湧。

「書畫她的情況……」

我忍不住大吼道：「不要這麼親暱地叫我母親的名字！」

那是父親的特權。

大伯父的臉色瞬間變得鐵青。

大掌舉起，啪的一聲，我眼冒金星，耳朵嗡鳴，隨即左臉感到一片火辣辣。

「我不知道小弟是怎麼教妳的，但妳最好從現在起把妳的禮貌學好。還是妳想靠妳表姊？我告訴妳，妳們一家都不是好東西，都是魔女，尤其是妳那個殺人犯表姊！」

我不懂大伯父在說什麼，只感覺到雙瞳濕潤了起來，我死命咬著下唇不讓自己在大伯父面前哭出來，隨即奪門而出。

我想回家。

但是，我的家在哪？

父親不在了、母親現在的狀況又那麼糟糕，我的家在哪裡？

爲什麼天空這麼藍、爲什麼這些小孩能笑得如此開心、爲什麼那些人還喝得下咖啡、爲什麼世界還在運轉著？

一句曾在吉本芭娜娜的書中讀過的話，突然浮現心頭——神都到哪去了？

神啊，我的父親已經不在了，現在，您也要奪走我的母親嗎？

「大小姐？」

我無意識地循著聲音而回頭，警探先生那張掛著慵懶笑容的面孔進入眼簾。

原以爲再也不會出現的畫與突然降臨。

好想畫畫，但眼前卻朦朧一片。

「唉，我就知道小傑介紹地向來都只有麻煩……」他雖如此說，聲音卻溫柔地讓我的眼淚掉得更兇了。

感覺到周遭出現騷動，他極具技巧的輕輕環著我的肩——不是大伯父那種滿帶上凌下的高壓姿勢，托著我往停車場走。

將我送至副駕駛座後，他要我等一下，便匆匆離開。

我哭了一會兒，覺得自己有比較平靜些了，耳朵的嗡鳴聲也消失了，被打的左臉漸漸麻癢了起來，我不想管，只覺得心空蕩蕩的。

以後該怎麼辦？

「轉過來一下。」

我乖乖照做，坐回駕駛座的警探先生，伸手將退熱貼貼在我的左頰上，涼涼的。

然後他小心翼翼地轉動我的頭。

「沒有流血。耳朵會痛嗎？」

我想要搖頭，但才稍稍一動就覺得脖子抽痛。

「哪裡不舒服？」

「後頭。」

「頭髮撩一下。」

冰涼的藥膏隨著他的指尖貼合。

「有沒有頭痛？」

我點點頭。

他遞來藥丸和已經旋開蓋子的礦泉水，裡面很體貼地插著一根吸管。

「謝謝。」我小心翼翼地將藥丸丟入口中，免得下意識地仰頸而加劇脖子的傷勢。

「要說說嗎？」

他指得是造成我變成這樣的事情。

注視著警探先生關懷但不會過度關切的雙眸，我沉澱了一下思緒，很慢很慢的說了出來。

這期間警探先生不曾打斷我，他聽得很認眞，擰起的眉尖讓我稍稍窺見警探時期的他的模樣，令我很安心，也說得越來越順利，壓抑心底的疑問都一口氣說了出來。

「大伯父眞的會變成我的監護人嗎？」

不知爲何，我隱匿了大伯父說我們一家都是魔女，以及表姊是殺人犯的話。

「如果大小姐說的情況屬實，那麼，妳被判給妳大伯父監護的可能性很高。」剪的圓圓的指尖上有尼古丁和薄繭，看起來異常性感。

「可是……我不想，我不喜歡大伯父。而且我母親還活著啊，爲什麼會變成這樣？」

「妳的事情我有從小傑那知道到一些……」他看見我眼中的疑惑，主動解釋道：「小傑是負責妳們家這起案件的警察。」

「喔，是警察哥哥嗎？」對吼！我又忘記別人的名字了。

「就是他。爲什麼妳父親會突然在高速公路上蛇行？」

「眞厲害，一下子就問到重點了。」而後，我頓了頓。「是我母親做的。」

警探先生先是一愣，而後隨即會意過來的問道：「妳爸媽在車上吵架？」

「嗯。」

當時的情況再次浮現腦海。

我好想逃避，但不行，母親只有我了。

我絕對絕對絕對不要大伯父當我的監護人。

「出事那天傍晚我提早回家，因爲當晚我們要一起參加母親的畫展開幕式，但是回家後，母親沒有在畫室，也沒有在院子抽菸，我找了半天才在父親的書房找到母親。她已經打扮好了。這不可能，這不像平常的母親。平常的她總是要等我或父親回家後，才會大夢初醒地從畫畫的世界中脫出，然後在我們的催促下洗澡更衣，然後給父親吹頭髮、綁頭髮和化妝，而我則是負責檢查母親的指縫或其他部分還有沒有顏料。

「父親接在我後面回來，他發現母親的狀況也很驚訝，母親看到父親回來後，舉起手上我原本以爲是披肩的白襯衫，那是父親的衣服，然後，翻開後頸的領子，那裏有一個唇印。母親和父親吵了起來，直到上了車都還在吵，父親一直辯解說他不知道，母親卻死咬著唇印不放，然後……」

「妳母親開始丟東西？」警探先生問，黑亮的瞳眸緊盯著我。

我點點頭。「父親閃得很狼狽，還要母親別鬧了……」

「原來如此。難怪高速公路的監視器，會拍到妳父親在座位上閃來閃去。」

「母親不聽，硬要父親給她一個交代。」我下意識的撫弄著裙襬，將它揉地皺皺的，就像那件被母親揉爛的襯衫。

「她說：『在旭，我還以爲你是愛我的，我以爲我們的愛和一般人不一樣。』」

「父親說：『書畫，我當然愛妳，妳怎麼可以因爲一個不知道從哪來的鬼唇印，而質疑我對妳的感情？』」

「母親說：『鬼不會有唇印……你老實說的話，我們還有機會。』」

「父親眞的火大了，他說：『妳不相信我？』」

「母親尖叫。『是你讓別的女人有機會……』」

「然後母親好像受不了父親一直盯著高速公路看，都不肯看她，便開始搶方向盤……之後的，新聞上都有報了。」

警探先生思索了好一陣子才開口。

「妳們恐怕很難打贏這場官司。」

他指的是被捲入這場車禍的人和家屬提出的告訴。

「我知道……」記者有問過我這個問題，我不記得那時自己是怎麼回答的了。

「難怪妳大伯父沒空照顧你，一旦妳們的罪名確立，恐怕會被索取高額的賠償金，再加上妳母親現在的情況，以及父親和大伯父共同經營的畫廊，幾乎是以妳母親的畫才得以經營下去，一個弄不好，不僅妳們會破產，妳大伯父也會被牽連。」

「母親……會好的。」我乾澀的說，覺得只顧慮自己的想法好可恥。

「的確，如果妳母親好轉的話，或許還有機會爭一爭。」警探先生揉了揉眉心。「大小姐妳不是還有妳父親給妳設立的基金嗎？那算是屬於妳的財產，應該不會被列入賠償的範圍，先別想太多了。」

就算如此，大伯父還是會成為我的監護人啊！

想到以前曾經數次在早退回家時，撞見大伯父和母親吵架的畫面——他總是不斷逼迫母親嘗試新的技法或題材，好突破以往的成績，而母親也總是和他說她只畫自己想畫的畫，技法和題材一點都不重要。

我還記得有一次撞見大伯父又跑來找母親，兩個人不曉得在吵什麼，大伯父說沒幾句，居然對她動手動腳，逼得母親打了他一巴掌他才罷休——我以後也會成爲這個被大伯父逼迫的人嗎？

摸著退熱貼，我覺得自己不曾如此懼怕過。

警探先生伸了個懶腰後望著我說：「要委託我嗎？大小姐。」語氣很隨便，但他的眼神卻異常認眞。

「警探先生？」我一下子會意不過來。

「我說過，這兩個月我就賣給妳了。」

我眼眶一熱，鼻子酸澀了起來。

我的人生到底是怎麼了？

「別哭啦！我最受不了女人哭了。」

我立刻咬唇忍住，警探先生是我的唯一倚靠了，不能被他討厭。

「聽話的大小姐也蠻不錯的嘛……」

他搔搔臉，粗魯地將面紙盒塞到我懷中，旋開車鑰匙，發動，載著我離開醫院。

而我則是看著他那爬了數條魚尾紋的眼角，一頭霧水。

不錯什麼？

第三章　尋找的未必會被尋見，尋見的未必是眞實

回到豆腐屋時已至傍晚，夕陽的光輝遍撒豌豆池，波光瀲灩，光輝耀眼。

照理來說，如此美麗的一刻肯定會吸引我駐足觀賞，直到將那燦爛的一刹那深深印入眼底，又或是被夜幕覆蓋，才有可能離開。

但今天的我提不起興致，只覺得很累很累，僅瞥了一眼，便拖著疲憊的步伐回到房內，也沒梳洗就倒頭大睡，餓到醒來時已至深夜。

「水……」頭痛消散後，換來的是過度清醒的意識。

摸索著穿上外套，我離開房門去到廚房，打開冰箱，取出壺裝水，倒入碗中，一連喝了兩大碗才停下。

感覺左頰黏黏的，我伸手撕掉已經不冰的退熱貼，丟入垃圾桶，裡面有我留的紙條，看來表姊總算記得丟。

LINE特有的震動傳來，點開查看。

「大小姐，那天妳幫我保管外套時，有沒有看到一張吳先生的名片？」

是警探先生。

我思索了一陣子後回覆道：「沒有。」

「糟糕了啊，那是我一個重要客戶的名片，後天要和他一起工作，但還沒確定時間，需要我打電話過去問。可以麻煩妳幫我在妳表姊家找一下嗎？」

想想，這不是什麼大事，於是我輸入：「ＯＫ。」

「這位客戶是妳表姊的死對頭，我想妳表姊知道我有在接對方的生意後，應該會不太愉快，所以你能否盡量避著妳表姊幫我找找？」

這個請求就有點麻煩了，也不太禮貌，但想到方才已經答應了，我也只能同意。

「謝啦！大小姐。」

「我不是大小姐。」

警探先生只回覆了個：「哈。」我喜歡他是用字回覆，而不是回覆動態表情符號。

「先從攝影棚找起，看怎麼樣再跟我說。」

「ＯＫ。」

放下碗，踏上走廊，轉首望向表姊房間的方向，也就是走廊的另一頭，微弱的光線從工作室的入口下方空隙處散出。

看來表姊和我們家的人是同一型的藝術家；都是一創作起來便不知今夕是何夕的類型。

應該可以在不驚擾表姊的情況下找名片了。

於是我放緩腳步，輕輕地朝前走，踏入夾在我的房間和工作室中間而形成的小小走廊，走了數步，便抵達隔開攝影棚區和居住區的門，旋開門把，躡手躡腳地踏了進去。

關上門，我猶豫了一會兒，想到表姊隨時有可能從走廊走到廚房裝水，去上廁所時也會經過這道門，便決定不要開攝影棚的燈，而是使用手機的手電筒功能，尋找警探先生不知遺落何處的名片。

夜晚的攝影棚和白天時不大相同。

或許是因爲棚內右側，也就是當天工作人聚集的區塊處，幾扇窗的窗簾總是大敞的緣故，白天的攝影棚一點都不黑暗，我很喜歡陽光灑入長型窗後，在木質地板留下的光影。

可是，儘管窗簾仍未拉上，但夜晚時的攝影棚氣氛很不一樣。

首先，是窗外的夜之濃郁，給人一股不敢多加眺望，免得會被某股隱藏在暗處的深淵給吸入的錯覺。是迥異於住在都市中的感覺。

等眼睛適應黑暗的攝影棚後，我看向堆放攝影器材，像是棚燈、反光板、燈箱、摺疊長桌等地右側角落，它們的輪廓皆和白天時相比約略扭曲了些。

我再次深深的體會到素描老師曾說過的：「光線會影響物體的形狀。」

夜晚的它們都像是蒙上一層黑幕般，灰灰黑黑的，一點都沒有當初看見時那充滿金屬感的冷色調。狀似雨傘的透射傘和反射傘皆面朝地面，乍看之下像極了一個個因被棄置而垂頭喪氣的人。

不過，想到這邊我覺得有點奇怪，透射傘和反射傘應該都要收起來才是，爲什麼都還裝在棚燈上？

「有找到嗎？」警探先生又傳訊來。

「還在找。」

回了這三個字後，我走向右側堆放道具的地方，叫出手機的手電筒功能，開始細細查看棚燈後、長桌上、靠牆排列的折疊椅下方，甚至是化妝桌的抽屜和仍兩腳大張的鐵梯的最高一階。

「沒有看到。」我回覆。

「會不會在布幕後？」

我想想。「有可能。」名片又輕又薄，掉出來時飄的遠些也是有可能的。

布幕不知爲何沒有收上去，且拉的極長，尾端在地上鋪得非常平整，像是一塊白色的地毯。

今天也有商業攝影的活動嗎？

腦中浮現頭一天來此時，攝影結束後，全部的人都會一起打掃場地，當時布幕有收起來。

如果下午是正規的商業攝影的話，不可能打掃得如此隨便。

或許表姊也有接一些比較小的攝影活動？還是明天也要拍照，所以乾脆放著繼續使用？

然後我走至布幕後方並拉開，露出布幕與地板碰觸的區塊，舉著手機在布幕後隨意照射，地板上出現宛若車轍般的痕跡，我蹲身細看，發現是兩小兩大的車輪，小在前，負責變換方向，大在後。

是什麼需要輪子輔助的攝影工具嗎？

再將布幕多拉開些，好露出鋪在地面的部分，底下也有以S型遊走的車轍痕跡。但一脫離布幕的範圍後，痕跡便斷了，像是有人打掃時太過偷懶，只擦了布幕以外的地板似的。

「有看到名片嗎？」

「沒有。」我放下布幕，決定不要說這件事情，表姊的打掃習慣不需要給外人知道，如果因而給人不好的印象就不太好了。

警探先生過了一會兒才傳來。「廁所？」

「那天我沒有抱著你的外套去廁所。」這太累贅了。「能找的我都找過了。」

或許是感受到傳送過去的字句中的不耐，警探先生很快地便傳來一句：「我承認是我疏忽了。名片也有可能是放在我身上，而不是外套口袋。正是因爲都沒找到才拜託妳。幫我去廁所看看好嗎？謝謝。」

見警探先生大方坦承弄丟名片是他自己的錯之後，我這才心甘情願地轉身，打算走去位於布幕後方的廁所。

就在這時，一張突然在燈光中現形的膀臂，突然撞入眼中，我硬生生倒抽了一口涼氣的同時，想起這面牆掛有表姊的攝影作品，所以並不是眞人，可是，卻像極了眞人。

我像是被某種詭異的呼喚給吸引過去般，湊近了一張模特兒正將象牙白的膀臂雕塑，搭在自己肩上的黑白照片。

或許是因爲現在的攝影棚在沒有其餘物件干擾的緣故，我發現了頭一次看到這張照片所沒發現的特點。

那膀臂無疑的是一成年男子的左臂。

做得如此鉅細靡遺，栩栩如生，幾乎可以肯定表姊是參考某男子的手做出來的。甚至我大膽的猜測，表姊可能是直接將石膏塗抹在這人的身上，拆下來後再翻模製成。

因那肌理、毛髮的生長方向、凸出的腕骨，疤痕造成的小小凹陷等等，比例之完美，彷彿下一刻便會自行動作起來，偏偏這只是用鐵線和黏土組成的雕塑，但也正因爲如此，該膀臂的光澤、紋理，充滿了人手所沒有的藝術感。

表姊對人的肢體很有研究啊。

好想再多看一點。

於是我難以自止的在下張照片尋找表姊的雕塑，毫不意外的發現右臂，這回照片中的模特兒是挺腰躺在地上，膀臂則是在他的赤裸上身遊走。

這膀臂和前一張同樣壯碩，充滿肌肉奮起的獨特美感。

之後我還在其他照片找到左腿與右腳，以及一些臟器或背骨。

看來這幾張照片是同系列的作品……除了最後一張照片。

好可惜，光看完美男子在照片中投射出來的濃烈情感，我還以為表姊這一系列的人體雕塑都是參考他的身體而做，但長年和母親一起畫人體素描的我，很輕易地便能觀察出斷肢雕塑並非參考完美男人的身體而製，因為比例和軀幹的大小粗細等都不符合，人可以變胖變瘦，但骨架可沒那麼容易改變。

而且，他是如此的完美，我想表姊不會想要參考他的身體來做雕塑，因為他的全部正是讓他如此完美的重要因素，分開來看或許也很美，但絕對沒有如此令人難以忘懷的魅力。

世界上怎麼會有如此麗人呢？

他的眼睛那麼的活靈活現，讓我不禁覺得方才自己在攝影棚內鬼鬼祟祟的姿態，皆被他旁觀無遺漏，好丟臉，卻又喜孜孜的。

好想再多看一點他的照片，好想知道他是誰，改天要不要找個機會問問表姊呢？

想到似乎不太喜歡我的表姊，我決定找個白天的時間偷拍這張照片。

手機又震動了，不用看也知道是警探先生，於是我有點艱難的移開注視完美男子照片的目光，逼自己進去廁所。

豈料，就在我的手剛碰到門把之際，裡面傳來嘩啦水花聲。

有人在用廁所？

表姊說過的話浮現腦海——廚房隔壁是廁所，平日我們都用這間，攝影棚後的那間少去，沒必要刷兩間廁所。

對啊，如果表姊要去廁所，應該是去廚房旁邊的才是，根本沒必要繞到攝影棚這裡，更何況表姊現在應當還在工作室，她如果眞的有什麼需要跑來上這邊的廁所，在她踏入攝影棚之際就會看到我在這裡了，我也一定會發現她，可是我並沒有察覺類似的動靜。

所以，該不會是……

鬼？

死死的盯著碰觸門把的指尖，我發現自己的手正隱隱發抖。

「……我們家有鬼啊！」昨晚表姊說的話又浮現腦海。

一股顫慄爬過背脊，突然激增的腎上腺素，讓平日疏於運動的我，得以在拔腿狂奔的同時，輕手輕腳的開門關門。

直到衝回自己房間後，提心吊膽的我這才背靠著門旁的牆壁，大聲地喘氣，好將剛剛憋在胸口的吐息給盡數呼出。

表姊家眞的有鬼？

她爲什麼能如此不在乎地與鬼同住？

想到被撕碎的那些素描。

「或許那個鬼不歡迎的僅僅只有我？」

我還要住在這裡嗎？

可是我沒有別的地方可以去了。

大伯父那麼討厭我，肯定不會像父親那樣的待我；更別提警探先生說我們家很有可能會因爲車禍的官司而身敗名裂，傾家蕩產，說不定連大伯父和父親經營的畫廊都有可能倒閉……因爲單靠母親的畫而支撐的畫廊，沒有資金購買新的畫好轉售，母親現在的情況也不太好，重拾畫筆的日子遙遙無期……

要是大伯父也被這次的車禍給拖垮了，那麼，我的監護人會不會變成表姊？

這個鬧鬼的豆腐屋會成爲我成年前的家？

過於悽慘乖誕的未來令我眼前一暗。

門外突然響起腳步聲。

我嚇了一大跳，下意識地掩嘴之際，手機從指間滑落，掉了下去，我連忙彎腰撈抓，手機外殼朝外落地，發出清脆的聲響，螢幕上的手電筒的光像是水舞般朝上噴發，差點閃到我的眼睛。

門縫射入淡淡的光線，表姊打開走廊的燈了。

我蹲下身子，朝手機伸出手。

「靜顏？」表姊冷如水的聲音突然傳了進來。

我猛地一顫，就這樣維持蹲在門邊的動作，深怕被表姊發現。

門外遲遲沒有響起其他聲音。

從門縫撒入的燈光仍是淡淡的一片，這表示沒有人站在外面，否則燈光應該會被門外的人給擋住。

所以表姊不在門外。

我悄悄的鬆了口氣，繼續朝手機伸出手，小心翼翼的拿起，在黑暗中特別刺眼的光線隨之流洩，蓋過了從走廊滲入的光線。

糟糕，我忘記先把手電筒軟體的功能關閉，要是警探先生此時傳訊過來，手機震動，肯定會被發現我在房內，如果表姊在此時經過我的房間門外，看到有光線從門下的縫隙透出，會不會起疑？

自以爲是的臆測尚未結束，我便看見有一條鐵絲突然從門縫往房內掃過，像是車子的雨刷般，滑了一圈便又出去門外。

那是什麼東西？

我沒有多想便四肢貼地的趴了下去，好朝門縫窺視。

一對眼睛隨著走廊燈光消失的同時，就這麼與我大眼對小眼地互看。

完全沒有料到門外也有人做出同樣舉動的我，一時之間腦袋一片空白，根本不曉得該如何反應。

更不要提那雙眼睛如此的空洞陰沉，瞳孔既未放大也未縮小，焦距渙散，無法判斷對方是否也看到了我。

偏偏那的的確確就是表姊的綠金色雙眼，既不是鬼也不是失明者。

不知道我們就這樣詭異的互視了多久，首先移開眼神的是表姊，隨著她的腳步聲漸遠，像是被梅杜莎石化的我的身軀也才緩緩恢復知覺，而我也直起因趴伏太久而痠麻的腰，坐倒於地，並連滾帶爬的退至離門最遠，房內唯一一扇窗的牆下，驚魂未定地想著不能繼續住在這裡了，可是我還有哪裡可以去？

我想回家，但大伯父說家附近有記者。

不能回家，我不想再被記者問些有的沒的了。

看來只能回醫院找母親了。

於是我開始收拾行李，所幸剛來表姊家沒多久，行李幾乎都還沒整理，把拿出來的東西塞回去就可以了。至於畫具那些都可以再買，所以我只打算帶走已經畫好的畫。

將早上因趕著去醫院，而直接貼牆放的畫架翻過來，上面空無一物。

「畫呢？」

雖然不太可能被風吹走，我仍是在房內細細搜索，連床單都掀開了，仍一無所獲。

不行，我很喜歡這張畫，不想就這樣丟在表姊家。

儘管很想現在馬上問表姊有沒有看到我的水彩畫，但一想到剛剛表姊那詭異的舉動，只能勉強自己再待一晚，明早再問。

可是要我就這樣睡肯定是睡不著的，想了半天，我將椅子的椅背抵著門把，椅腳卡在地板，如此一來，除非門外的人將門把撞飛，否則是闖不進來的，這樣外面不管是人是鬼，都無法趁我睡覺的時候摸進來後。

縮在床角抱著行李滾了幾滾，過度沸騰的腦漿這才放棄掙扎，但眠夢遲遲未降臨，無可奈何之際，我只得又爬起床。

望著窗外濛濛亮的天色，我不知道該怎麼打發時間。

「啊，對了，還沒畫今天睡前的圖。」

說到底，我只會畫畫，也只想畫畫。

將素描本攤開放在盤腿的膝上，舉起筆，我閉上眼，等待頭一個浮現眼前的景象。

朦朧的輪廓逐漸浮現，依稀是個人。

就在我滿懷期盼的下一個瞬間，一雙恍惚失神的綠金色瞳眸閃現，我嚇得鬆開了握筆的手。

最後，我沒有畫畫，而是屈服於恐懼地拿出行李中唯一的一本書，開始翻閱了起來。

☾⋆

深深地打了個哈欠，抹了抹眼角的淚花，我手捧著熱杯，默默啜飲加熱後的鮮奶。

廚房窗外，無人修剪的小葉欖仁綠葉繁茂，壓低了細瘦的枝枒，使之輕撫著水面，倒影與水下皆一片綠影汪汪，昨晚的恐怖驚悚，在這樣的濃夏景色中，逐漸淡去、遠颺。

寧靜的氛圍緩和昨晚的恐懼，我覺得昨晚的自己有點過度反應了，至少，完成一幅池子的寫生後再離開也不遲。

「靜顏，昨天晚上妳跑去用攝影棚那的廁所？」

「噗——」我被這突如其來的詢問給嚇到了。

表姊的面容還是那樣淡漠，絲毫沒有被我噴奶的景象嚇到，反而還動作自然的從牆上撕下廚房紙巾遞過來。

「謝謝。」我不好意思的接過。

我胡亂抹了兩下，她微乎其微的皺了皺眉頭。

正當我在思索該怎麼說昨天晚上攝影棚的廁所之際，表姊又說道：「記得把微波調理包沖一沖再丟到後院的回收桶。」

她指得是我剛吃完還沒整理的微波咖哩飯。

「我知道了。」乖順的拿起空盒至流理台沖洗，很慶幸不用解釋廁所的事情了。

「妳爲什麼要用攝影棚的廁所？」

我不假思索地回答。「我沒有。」

「是嗎？」

「嗯。」用眼角悄悄覷著陷入沉思的表姊，我既期待又忐忑地想著表姊會不會主動和我解釋這房子到底是怎麼一回事。

可是表姊就這樣半吊子的停止了，看來她是個很自我的人；就和母親一樣。

思及此，我的心緒也跟著憂鬱了起來。

當我悠閒地坐在這裡，想著這些雞毛蒜皮的小事實，母親該不會就這麼瘋了吧？

不行，我得趕快把問題問好趕去醫院。

母親一定得好起來。

「那個……表姊。」

沒聽到回話聲，於是我回頭看去，赫然發現她的雙眼正閃過一道詭光，來不及細瞧便消失無蹤。

按耐滿腹疑問。「請問妳有沒有看到我的水彩畫。」

她沒有說話，而是用眼神示意我再多給點線索。

「上面畫了阿勃勒……」和一抹在小徑的虛影。

「沒有。」表姊收回目光，態度仍淡淡的，充滿疏離。

「喔。」我不曉得要不要繼續問下去。

像是爲什麼棚燈和布幕沒有收起來、爲什麼我的素描被撕毀、完美男子是什麼人，還有在當模特兒嗎？可不可以給我他的電話，我想僱用他當素描模特兒……我在想什麼啊？要是母親一直沒醒……銀行那些錢說不定是我的最後保障了。

更何況，若表姊問我爲什麼指定要畫這位男模特兒，我該怎麼解釋？

說我迷上他嗎？

不行，這太丟臉了。

「靜顏，妳等等有空嗎？」

「嗯？」

「可以幫我把一些雕塑敲碎丟入池中嗎？我已經放在後院的手推車上了。」

想到自己寄人籬下，以及想畫一張池子的寫生再去醫院的念頭，讓我答應了這個奇怪的請求。

「謝謝。昨天下午拍了那些雕塑後，我不太滿意，這種作品我不想外流……妳懂的。」表姊難得主動解釋。

啊……母親也曾因爲不滿意，毀掉好幾張已經畫了好幾個月的畫作，那時母親的情緒之糟糕，完全吃不下飯也顧不到其他，表姊肯定也很不好過，難怪會忘記收棚燈和布幕。

肯定是大伯父亂說什麼表姊是殺人犯，害我把她的行爲想岔了。

「我現在就去。」

語畢，我先回房拿素描本和筆，這才重新回到廚房並推開後門，一陣夾帶森林氣息的南風吹入，沉重的心情變得輕鬆了些，等推著手推車踏上池子上的棧道後，池子和周圍的樹林之美，頓時，離開表姊家的決定變得在也不重要了，我將所有煩憂都拋諸腦後，打算趕快敲完雕塑就要寫生。

拿起桶子內堆疊的雕塑，以及同樣放在桶中的鐵槌，我就這樣站在棧道邊緣，兩手伸直後敲著。目光隨著一片片碎裂的白色石膏落入池中，日陽灑落，點點燦光在清澈的池底閃耀。

雪白如瓷的碎塊遍佈池底，使得此處池水不若一般池子般呈現青翠的綠色，或是倒映天空的藍，而是白中帶點綠的灰白色，有點像鴨卵青，但僅限於靠近棧道這裡的池水，池子周圍的仍是綠色。

「下面都是表姊以前在這裡敲碎的碎片？」數量還眞不少。大伯父之前好像曾說過表姊在這裡住了十年……她是靠創作這些雕塑打發時間吧。

然後，我發現了，一隻從碎片中伸出的指尖，就混在裡面。

有一就有二，緊接著，人體四肢、臟器、骨頭的雕塑，像是在對我這個好不容易發現它們的存在的人，展示其迥異於人體的溫潤異質感，靜靜的在水中擺出勾指、踩踏、屈膝等姿勢。

這池子是墳場，而我正是在其上添加更多無名枯骨的人。

那表姊……不就是守墓人了嗎？

我天馬行空的胡亂猜測。

難怪表姊家會出現鬼、難怪村裡的大人不讓小朋友靠近，就連我這個被夏天的太陽曬得發燙的人，都在看到池底的詭異景象後都覺得有些遍體生寒。

警探先生那天丟菸蒂時，有走到這裡嗎？

不知爲何，我的腦海冒出這個疑問。

敲碎雕塑的工作莫名有股快感，使人沉迷，或許是因爲我大概猜得到創作一件雕塑有多花時間。

我陶醉的看著潔白的碎片，在落至池面時濺起的漣漪，沉入水中引起的氣泡，還有與其他碎片合而爲一的景象。

啊，好想畫畫。

拍拍手，放下鐵鎚，我席地而坐，瞇著眼望著四周後，攤開素描本，翻至嶄新的一頁，舉起筆尖，落下，筆身傳來熟悉的接觸硬物的摩擦感後沒多久，我的手便停在這。

一股莫名的壓抑感湧上，腦袋一片空白。

我，居然，不知道要畫什麼。

怎麼可能？

偏著頭，我望向視線所及之處的小葉欖仁樹，小提琴狀的簇生葉非常可愛，隨即讓手依照眼見的形狀一一勾勒，但等我低頭查看，卻發現自己只畫了兩片葉，並且一點都不美，普通至極，幼稚園生都畫得出來。

「奇怪……」我咬了一下筆頭，翻至下一頁，深吸口氣，告訴自己。「沒事的，只是素描一下。」

這回我選定池畔的香蒲叢，但是同樣畫的坑坑巴巴，以往數筆便能描繪出植物姿態的隨性不見了，在素描紙上出現的只是一根根長方形配上宛若汽車天線般的莖身，不僅沒有表現出香蒲的挺立昂然感，反倒將它幾何狀了。

「我是怎麼了？」

不死心的我硬著頭皮，逼自己更用心更專注的注視池子周遭的各種植物，赫然發現自己連田字草都畫不好，多年習畫的技巧消失了，筆觸粗劣的令我又氣又惱。

心的壓力傳至手上，再傳到素描筆的筆尖，啪的一聲，在紙上落下深且濃黑的痕跡，而這卻是該張素描紙中最美的一撇。

「不可能……」我低喃，並又掀開新的一頁。

豈料，母親憔悴空洞的面容赫然從雪白紙面躍出。

「啊……」我嚇得大叫並揮開手。

啪的一聲，素描本與筆就這樣落入水中，與池底的碎片殘骸一同長眠。

我恍若無覺，只顧查看自己的手。

這仍是我的手，因爲無論是長年握筆而扭曲的食指與中指指節、沾染碳粉的小指外展肌、握筆的繭等等再再顯示這無疑正是我的手。

那麼……「我是怎麼了？」

明明……「昨天還畫的好好啊。」

爲什麼……「會出現母親的臉？」

要是……「以後都不能畫畫的畫……」

一股自內心深處湧出的徹骨涼意，令我頭皮發麻地打起寒噤，絕頂的恐慌擄獲全人的身與心。

若失去畫畫，我的人生將再無任何意義。

我寧願死。

車禍前的那一剎那浮現腦海。

頓時，我像瘋子一樣咬破指尖，就這樣跪伏在棧道上開始畫畫。

不能浪費時間回房間，畫興滑溜的像泥鰍，只能在察覺的時候出手抓牢。

反正畫好畫爛畫的劣又或是毫無技法都無所謂，我一定要找回畫興，這是唯一能與我相伴一生的堅貞伴侶。

一陣手機鈴響將我從瘋魔的情況中喚回神。

我不想管，但它太吵了，只得接起。

「喂？」

「梅同學？我是班長，別忘記下午一點半在天鵝大樓。」

「有事嗎？」用耳朵和肩膀夾著耳機，我將指尖的傷口咬得更深，好畫完那隻血紅的左手食指，並在指甲縫隙點了幾點，好忠實的呈現那我懶得細細清洗，而卡在縫隙中的油畫顏料。

是的，我在畫自己的手。

「我就知道……鑑賞報告，記得嗎？暑假作業之一。」

「啊……」我想起來了。

糟糕！這場不去的話，我交不出鑑賞報告，攝影老師很囉唆的。

「現在幾點了？」

「十二點半。」

「我一定到。」

結束通話，我推著手推車跑回豆腐屋，衝入廚房時，表姊正站在流理檯前不知道是在沖洗什麼。她看見我回來了，冷然的雙眼閃過一抹訝異，而後說道：「畫完了？」

「我下午要和同學參觀展覽。」

表姊收回目光，扶了扶眼鏡。

流線造型的黑膠框乾淨無塵，鏡架旁鑲了數顆勾勒出兔子頭的水鑽，在光線的照耀下閃閃發亮。

等等，之前看到表姊時，她都沒戴眼鏡啊。

「表姊妳有近視嗎？」

「嗯。」她隨口敷衍。

所以那晚在門縫外，明明有看到我，卻沒有出現任何反應的原因在此嗎？

擦身而過之際，我的眼角注意到她垂放在流理台內的手上有白白的東西，仔細一瞧，原來是黏土殘留在指縫和指節間。

並且她正將一些東西抓握在掌心，但她沒有抓好，所以有一抹綠色自纖細的指縫間竄出。

那是一片葉子，依照其羽狀複葉的外觀，以及飄散在廚房中的淡淡香氣，可以推測出躲在表姊掌心的是芹菜。

腦中自動浮現方才在廚房尋找午餐時的景象，我並沒有看到芹菜。

事實上，表姊家的廚房除了鮮奶和水之外，沒有任何新鮮的食材。

那麼，芹菜是從哪來的？

房子外的野菜？

不可能，芹菜是一種耐寒怕熱的植物，外面可是炎炎夏日啊。

還是表姊其實有準備蔬果，只是不想給我吃，所以便藏了起來……是了，之前在阿勃勒樹前遇到的農婦，就曾說過「啊我是給妳親戚送蔬果的農家啦」，表姊住的這麼偏僻，和農家訂蔬果就可以請對方送來了。

可是，依表姊藏匿的動作來看，她不想讓我知道這各家有新鮮蔬果？是怕我吃嗎？

若是如此，表姊不應該在我肯定會經過的廚房清洗才是，工作室也有流理台和冰箱，除非她有信心能在我敲完雕塑前處理好，但這太危險了，方才的情況正好說明她的盤算不切實際。

那麼，表姊爲什麼要冒著可能被我撞見的風險，硬是要在廚房洗菜呢？

我回想著廚房的配置，流理台再過去是正好貼牆而放的瓦斯爐，上面裝著抽油煙機，排氣管則是從牆上的窗戶角落延伸而出，窗戶則是能清楚的看見整個後院和池子，我記得很清楚，因爲儘管才來表姊家住幾天而已，我卻已經喜歡上廚房的窗景，這也是爲啥我會選擇在廚房吃午餐的原因。

池子上有一條木頭棧道，我剛剛就是在那敲碎表姊的雕塑和畫畫。

所以……表姊是在監視我嗎？

如果此推測無誤的話，她應當會來得及藏好芹菜才是啊，畢竟我的一舉一動都被她一覽無遺。

像是……戴上剛剛並沒有佩戴的眼鏡。

好可怕。

除非有什麼打擾到她的監視，使她來不及反應……

這樣的念頭只是在腦中一晃便消失，回房從已經收好的行李中取出一件比較沒有沾染太多顏料的洋裝後，我慌忙地當頭套下，揹起背包，隨便抓一條橡皮筋，把頭髮撈至左胸前打成辮子。

我要自己別多想，但不被信任的感覺在胸口縈繞不散。

「現在打電話給警探先生應該來不及……」戴上帽子後，我決定直接去村子裡再說。

至於表姊的事情……看來她眞的很不歡迎我，我太遲鈍了。

搬離的念頭再次浮現。

☾⋆

很幸運的，到村裡時正好有人要去城裡，於是我不用等那一小時才來一班的公車，貼了點油錢便到了城裡。開車的人是種植檳榔咖啡的農戶之一，他不像那日在岔路阿勃勒下遇到的農婦那麼八卦，故此我能忍受車內那股檳榔特有的刺鼻味，以及地下電台主持人和來賓們那誇張的賣藥台詞。

好不容易車子停到最近的捷運站時，我道了聲謝，拿出早就準備好的油錢並遞過去，他擰著眉，順手塞了一包他們家的咖啡豆和名片給我，還指了指名片上的聯絡方式，因爲趕時間又不曉得該怎麼拒絕，只能收下，再次道謝，好趕去天鵝大樓。

走進捷運站，感覺到皮膚的毛孔因冷氣而收縮，我這才意識到自己做了多大膽的事情。

跳上陌生人的車，獨自進城，這對以往總宅在家畫畫，就連顏料和畫具的選購，都是直接和母親一起訂購的我來說，是非常大的突破。

也是在體認到這點時，城市內有的漠然與快步調席捲而至。

我不自覺的隨著行人一同加快腳步，像是恨不得下一秒便要踏地而飛似的。繽紛的人造色彩也一一撞入眼底，觸目所及都是吸引人的廣告和爲此目的而打的燈光，我看了許多又像是什麼都沒看，只覺得眼前一片眼花撩亂，目不暇給，滿溢的資訊就要衝破我那小小的心，我只能像大家一樣戴上冷漠的面具，掛上耳機，把過多的訊息遮擋在外，好維持自我。

爲什麼在大自然時我能那麼輕易地敞開心胸，迎接美麗的風景，但在城市中卻總是緊緊地縮著呢？熟悉的震動響起，我逼自己冷靜點地翻找了一會兒，才在背包的網袋隔層中找到手機，並意外的發現上面有刮痕，提醒我昨晚發生的一切不是夢。

今早的事情也不是。

我眞的畫不出來了嗎？

表姊家眞的有鬼嗎？

表姊爲何要監視我？

她眞的有近視嗎？如果沒有，爲什麼要騙我？我們只不過是一對剛剛相識的親戚……一直緊緊壓抑著的恐懼、慌張，紛湧而上。

「大小姐，醒了嗎？」

是警探先生。

顫抖著指尖按下輸著字。

手這麼抖，當然畫不好啊。這體認讓我大大的鬆了口氣。

不是再也畫不出來就好……我只是嚇到了。

也是，任誰遇到這麼多事情都會嚇到的。

「我快到天鵝大樓了。」這時，我已然鎮定許多。

「？」

「暑假作業的鑑賞報告。」

「了解。方便的話我等等去那找妳。」

「我知道了。」

等了一會兒，新的訊息才出現。

「臉有好一點嗎？」

望向捷運車窗的倒影。

「有點腫。」其實還有瘀血，形狀有點像海豚，蠻可愛的，但我不想說，隨手把頭髮往頰邊撥，確定看不見就算了。

「這幾天別吃會發的食物。」

「？」

「螃蟹或茄子，芒果也是，妳不知道嗎？」

「不知道。」

「不愧大小姐。」

這話讓我很輕易地便能想到警探先生現在的表情，一股淡淡的愉悅讓我勾起唇角。

「不愧是警探先生，什麼都知道。」

「哈。」

「到站了。」

收起手機，心情平復許多的我，沿著捷運站內一直貼至外面街道的指示標記，順利地走到天鵝大樓，拿了介紹攝影展的DM，便與參觀人潮一同步入展場內。

人比想像的還要多，所幸空間夠大，光線略暗，動線也規畫得很好，所以不顯擁擠，反倒看得很順利。

期間我有看到美術班的同學，但想到自己以往在班上很少和大家互動、現在和家裡的情況，以及托警探先生的福才好轉的心情，決定裝作沒看到，這樣比較省事。

展覽的照片中充滿台灣所拍不到的題材和景色。

幾幅以高樓大廈爲主角的幾何構圖作品，拍的引人發想，其中甚至還有已經倒坍不復存在的雙子星大廈，察覺這點後，我翻閱DM上的介紹。

「原來是旅美的攝影家啊……」

DM中沒有該攝影師的照片，僅記載這位名爲單志一的攝影師去美國已經有十年了。在此之前，他在台灣已經是頂尖的幾位攝影師之一，爲了突破並與更大的世界相交，這才決定出國。

「這決定做得很對。」我自以爲是地說著。

並且越來越浸淫在這位旅美攝影師眼中的世界。

許多攝影時才會出現的構圖和視角，不斷打破我那因從小與母親一同習畫，而根深蒂固的觀念。有趣，有趣極了。

直到一張既熟悉又陌生的40"×60"人像照出現在最角落的牆上時，我那愉悅且高漲的心情才被打破。

「完美男子？」

我眞的沒想到會在這裡看到他。

焦急地看向照片旁的介紹卡，上面只寫了三排字。

第一排是「穆斯女神」、第二排是「林和翰」最後一排則是「攝：葉實秋」。

「表姊？」我低訝。

「妳是實秋還是林先生的親戚？」

愕然的尋聲看去，這才發現接下我的話的人是一身穿亞麻襯衫，搭配藤編白色巴拿馬帽的時髦長者，他打量了我一會兒，而後點點頭。

「葉實秋是我表姊。」

「你們長得孿像的，都是美人胚子。妳好，我是實秋的師傅。妳也喜歡這張作品嗎？」

「我認識這位模特兒。」我不知道自己爲什麼會這樣說。

「他還活著？」長者訝然。

「他死了嗎？」這臆測令我眼前一暗。

長者看起來有點激動地解釋道：「小妹妹，妳是在哪看到他的？」

「是……是在表姊家。」一股懊悔的心情湧上。剛剛我的嘴巴爲什會說我認識林和翰？「對不起，我是在表姊家看到這位模特兒的照片，並沒有看到他本人。」

原來完美男子的名字是林和翰嗎？

長者明顯的露出失望的表情。「是嗎……」他嘆了口氣。「妳表姊好嗎？」

「她很好。」我乾澀的說，並逼自己不要失禮的向眼前的人詢問兩人的關係，要是表姊知道我曾打探她的往事，本就處不好的我們恐怕會更難住在同一個屋簷下了。可是，我好想知道林和翰的事情。

長者那隱藏在皺紋和鬆弛眼皮下的雙眼，看穿了我的欲言又止，自行臆測道：「看來她還沒恢復……也是，同時失去戀人和妹妹的打擊之大，這幾年我在美國也看了不少，妳表姊沒有染上毒品，還能持續創作……她選擇退隱是對的，至少能躲過那些報章雜誌的危害，老天保佑啊。」他感嘆不已地說。

同時失去戀人和妹妹？

報章雜誌的危害？

是了，就算當年的資訊管道不像現在這麼發達，已經走紅的表姊和林和翰，發生這麼大的事情，被報章雜誌追著跑也頗合情合理……看來可以去圖書館找找？

「林和翰死了嗎？」終究我還是忍不住問了。

「死的是實秋的雙胞胎妹妹實夏。」長者的目光悠遠，像是在看著遙遠的彼方。「事實上，當年我一直以爲死的會是實秋，她妹妹瘋狂愛著林和翰，當時和他交往的是實秋，所以實秋的妹妹做了一些……不太好的事情。所以最後我們都以爲死的是實秋，沒想到卻是妹妹，而且還是自殺。難怪實秋這次復出說想要開一場紀念妹妹的展覽，還說想改名叫實夏……」他頓了頓。「不好意思，這些都是很久以前的往事了……妳長的眞的很像妳表姊。」

「表姊那時受到的打擊一定很大。」其實我想問的是林和翰，但不曉得該怎麼開口才好。

「的確，那時她還有幾個商攝和出版社的合約不得不履行，否則就要付出龐大的違約金，大家看到她硬撐著拍也很不忍，但這個業界就是這樣，撐過去，就是妳的了。妳表姊也很盡職，一面籌備喪禮一面想盡辦法拍出廠商點頭的照片。不過，人遭逢重大創傷的時候，風格丕變的例子不少，妳表姊也是，但幸好基本的美感仍在，我們就幫著她應付剩下的合約。

「我記得是喪禮結束後，林和翰便失蹤了，妳表姊變得連觀景窗都沒辦法看。眞的是太可憐了，原本是那麼有才華的一個人……不過，老天若刻意天降橫禍，人除了接受和適應，沒有其餘方法。」

這話說的深得我心，因爲我也正處於橫禍的風暴中。

「不過，我很期待從這個事件中走出來的她所創作的作品。妳現在住在實秋那嗎？」

「是。我在那畫畫。」

「梅家的女子各個才華洋溢。」長者讚了一句。「當年我可是很迷妳外婆寫的小說。」

外婆是作家？

母親好像沒和我說過多少有關外婆的事情……表姊的事情也沒說過。

基本上，母親幾乎不曾和我提過她們家的事情。

他好奇的打量了我一下。「可以讓我看看妳的畫嗎？」

隨手翻找了好一會兒，我找出兩張今年初配合校慶園遊會製作的油畫明信片，主題是欒樹與柴犬。

明明只是年初時畫的畫，爲什麼現在看起來卻那麼陌生，那麼遙遠？

我想不起來那時畫畫的自己是什麼樣子了。

「三天後我會和到妳表姊那進行新的攝影創作。屆時如果方便的話，可以拍妳嗎？」

「啊？」我被這突如其來的邀約給嚇得一愣。

「實秋給我看過她家後面的池子，到時候妳就在棧道上架好畫布和畫架，不要管我，妳儘管畫，妳不會意識到我在拍妳。」

「這……」怎麼可能意識不到？

下一個出現的念頭則是沉入池中的素描本、池底的墳場和棧道上的血畫。

他們要在那裏拍照？

「我們一定能創作出很棒的攝影作品。」長者目光炯炯的對我伸出手，姿態坦蕩並充滿自信。

「那個……」我想拒絕，卻不知從何開口。

「老師，原來你在這裡……」一位身穿套裝的女子小跑步過來。「攝影協會的人來了。」

「好，我就過去了。」長者不容拒絕地拉過我的手搖了兩下。「到時見。」就這樣隨著女子離開了。

「梅同學，妳認識單老師？」

我這才發現同學們和幾位觀賞者，隱隱形成包圍狀的群聚在不遠處。

「單老師？」

「剛剛和妳握手的人就是此次攝影展的攝影師啊。」班長一副我怎麼連這個都不知道，還和對方談這麼久的模樣。

「喔。」

班長好像又說了些什麼，但都從耳朵飄了出去，因爲現在我滿腦子都是長者剛剛說的事情。

同時失去妹妹和戀人是怎麼一回事？

靈光乍現的瞬間，一個看似突兀卻頗合理的念頭自心底冒出。

莫非……這和表姊家那間豆腐屋怪事頻生有關？

第四章　有時，眞相帶來的不等於解答，反倒是更多的謎團

林和翰十年前被報章雜誌評爲當代最美的男子。

他的發跡被譽爲模特兒界的傳說，可說是一步登天。

更令人津津樂道的是，當時不僅擔當模特兒的林和翰紅了，還有拍下那張照片的表姊葉實秋。

捧紅兩人的攝影比賽，也因而從沒沒無聞的地方小比賽，一躍成爲全國性的比賽。

這都奠基於一張10"×8"，名爲「穆斯」的黑白照。

照片中的林和翰正破水而出，俊顏微仰，透明如水晶般的水在日陽的照射下，輕柔地包覆他那完美的五官，並沿著那光滑細緻的肌膚流洩而下，最後化爲一顆顆燦亮如星子的水珠。

他沒有看鏡頭，甚至也沒有完全張開眼，照片中只拍下那雙略瞇的眼睫在臥蟬上畫下一條條扇狀影子，令觀賞者忍不住想像他張開眼後，這俊美無儔，宛若天神的面容會出現何等的變化。

是一雙含笑的俏眼，還是深邃似寒潭的黑瞳？

表姊完美的捕捉到這即將出現變化的刹那間。

儘管網頁上的照片那麼小張，依舊吸引人一看再看。

攝影比賽網頁上的評論僅只有「驚世絕艷」四字。

然後我毫無意外的在當屆的評審團中找到單志一的大名。

而最後一行則是寫著：「第一屆得獎暨入圍者作品，皆收錄於當屆攝影協會所出之年刊中。」

看來表姊也是因爲這個比賽才認識單志一老師，說不定還是他帶領表姊踏入攝影圈的——如果這個圈子和美術圈一樣狹小，且仍充滿師徒制的話。

然後，接下來就是十年前的事件了。

「啊……果然沒有寫。」儘管本來就覺得攝影協會不可能紀錄這種事情，但我還是抱持著一絲僥倖。

「只好重新搜尋了。十年前應該是……二〇〇三年？實夏表姊的事情要用什麼關鍵字呢？」

「用「二〇〇三年、空格、自殺案」搜尋。」低沉的嗓音隨著一抹當頭籠罩下來的影子襲來。

「警探先生？」

「大小姐怎麼突然對葉老師的事情感興趣了？」他嘿咻一聲地坐在我旁邊的長椅空位處。

天鵝大樓頂樓咖啡廳的光線敞亮，將他一夕之間便爬滿鬍渣的臉，鉅細靡遺地照出來，看起來既邋遢又瀟灑，舉手投足間充滿成年男子特有的韻味。

明明這該是一幕吸引我動筆畫畫的美麗風景，但林和翰那張勾人心魄的完美俊顏，卻取代了一切地出現在我腦海。

不想被發現眞心的我，支支吾吾地反問。「警探先生你才是，你怎麼知道表姊的事情？」

他詫異的挑起濃眉，眼角的魚尾紋隨之上揚。

「大小姐，有進步唷！」痞痞的笑瞇了眼，隨便和服務生點了杯黑咖啡，仔細問了水果鬆餅是那些水果後，點了一份，這才打發對方走。

警探先生喜歡吃鬆餅？

「帽子拿下。」

「啊？」

他像是不滿我沒聽話動作，伸出手來抬起我的下巴，往左側一轉。

我知道他在看什麼了，於是我扭頭欲掙開，但他的手早在這之前便收回了。

「拿下。」

我沒動作。

「我不痛了。」

而且，我們是什麼關係？他沒必要關心我，更沒那個地位命令我，我不是他的下屬。

「上藥好的快，還是妳想頂著這張臉給人看？大小姐。」

「瘀青又怎麼樣了？我覺得瘀青很美啊。」

他像是聽到什麼詭異的發言似的，再一次挑起濃眉。

「你不信？」我撥開頭髮。「你看，有沒有像海豚？很可愛吧？」

我是眞的不介意，戴帽子是不想嚇到人。

「是有點兒像……」警探先生勉強附和。「我還以爲女孩子都很愛臉皮的。」

「當然愛啊，所有美麗的事物我都喜歡。」我轉頭望向四周。「像是那個踏著鞋跟破損的高跟鞋的腳，踝骨處冒出的青筋很美；還有那盆A字型的盆栽，斜拉的螺旋狀柱腳落在黑白地磚上的影子也很美……還有服務生半蹲上茶的姿態也很美。」

「是是是。」警探先生語氣敷衍，但注視我的銳利的目光中，沒有輕視，反倒充滿讚賞。

不知爲何，我覺得心跳有點兒快，所以儘管有些不好意思，還是說道：「警探先生你的魚尾紋也很美……」

「謝謝。」他舉水杯致意。

我臉頰發燙，但旋即因想起方才在池邊的挫折而心緒低沉。

好想一輩子都用我的畫筆記錄如此美麗的世界。

我是怎麼了？畫興跑哪去了？

穆斯女神拋棄我了？

是因爲……我很不孝的關係吧。

「或許眞正的藝術家就像妳這樣吧，什麼都能欣賞，什麼都能以美麗的角度去看。」

「我不是。」

「嗯？」

「我不是藝術家，我只是喜歡畫畫，但或許……不能畫了。」我攢緊雙手，默默忍耐那因可能失去畫畫而驟起的恐懼感稍褪。

「怎麼了嗎？」

注視著警探先生那流露出恰到好處的關心，以及認眞傾聽的雙眼，很開心他不覺得我是在庸人自擾或大驚小怪的我，就這樣說了出來，僅掩去懷疑表姊在監視我的那段，我不想讓警探先生以爲我是個白吃白住，卻一點都沒有心懷感激的壞女孩。

「傻孩子，妳父親剛去世，受點衝擊是很正常的，過一陣子就好了。沒有大小姐妳想的那麼嚴重。」他的唇角抖動了一下，在忍笑？

「是因爲這樣嗎……」我一直以爲畫畫是畫畫，車禍是車禍，兩件事毫不相干，但或許，警探先生說的是對的。

那該如何解決呢？

默默等待衝擊過去？還是……

「不過，我也曾看過有的人一時不能接受太大的打擊，而就此一蹶不振，再起不能。」

望著警探先生憂鬱晦澀的雙眼，感覺他似乎突然老了十歲不只。

我不太相信他的話，眞的有人會在遭遇這種事情後而一厥不振嗎？

頓時，我的腦海浮現母親那空洞無神的雙眼。

是的，有的。

所以，母親有可能再也無法恢復原來的樣子了嗎？

感覺自己就要被那一片模糊的未來給淹沒，我甩甩頭，想把這些消極且令人恐懼的猜想全都拋諸腦後。

我什麼都不想想了，我只想畫畫，可是，腦袋卻一片空白……我思考著事情的前後順序，在看到母親發狂前我的畫興還好好的，是畫了母親空洞眼神的那張畫後才……所以，是不是解決了母親的事情後，一切就都能恢復了呢？

我不知道，但我想我只有這個解決方法了。

可是，該怎麼做才能幫助母親呢？

靈光乍現。

若能解開父親的外遇之謎，說不定母親就能……不，不對，要是父親沒有外遇，母親應會更自責吧？車禍發生的原因，正是因爲母親懷疑父親有外遇，父親死不承認，母親氣不過，亂扯方向盤導致……

但是，也有可能母親會在得知眞相的衝擊下清醒？

畢竟，那天母親的情況看起來很像是魔瘋了，所以這時再來一個衝擊，說不定能負負得正，就像顏色疊了太多層而變髒的色鉛筆畫，有時若一鼓作氣的乾脆繼續塗下去，反而會誕生另外一種顏色……這樣想會不會太一廂情願？

好煩，這個世界眞的太複雜了。

還是畫畫好，只要我跟畫布還有這個美麗的世界就夠了。

「在我看來，妳活脫脫就該是個藝術家。妳眼中所見的世界非常美好，這個世界需要多一點妳這種人。」

我回過神來，搖頭苦笑。「警探先生，你太誇張了。」這種謬讚我承受不起，而且……「是這個世界很美，不是我。」

「大小姐，世界是有很多面的。」他歪了歪頭，轉望向方才我環顧四周時所看的那張桌子。「在我眼中，那位婦人應該是從事需要久站的工作，所以腳踝的青筋才會那麼明顯；至於盆栽……好看是好看，但那拉長的架子腳太擋路了，我看終有一天有人會絆到跌倒，然後店家要賠一大筆的賠償金；服務生半蹲上茶，純粹是因爲這餐廳的桌椅挑選的不對，桌子太矮了。」

「在警探先生的眼中的情景是這樣啊？」我詫異了，覺得新奇萬分。

「沒錯。」然後，他取出一管藥膏。「這個不錯用，拿去擦擦。」

「謝謝。」我看了一下，上面寫著某個沒看過的牌子的瘀青藥膏。

「好了，跟我說說妳爲什麼想知道妳表姊的事情。」

將藥膏收入包包。「你還記得這件事啊？」

他朗笑：「雖然已經退休了，但我以前可是個還不錯的刑警唷！」飛揚的魚尾紋加深了驕傲自豪。

「警探先生看起來也只不過四十出頭，哪有人這麼年輕就退休……」想到頭一次見面的情景，我囁嚅著。

「大人的世界是很複雜的，大小姐。」警探先生一副和小孩子說不清的模樣。

「我知道，別把我當小孩。」

他沒接話。「說吧，等大小姐說完，就換我說目前調查到的一些資料了。」

「你查到父親外遇的資料了？」我愕然起身。

「小聲點。」他用眼神示意我坐下。

「你快說！」我按耐焦急的勉強自己回座，不要撲過去逼問他。

這可是關係到我的未來會變得如何的一件事情啊。

我怎麼忘了呢？

或許是因爲我根本不想面對現實吧……

「大小姐先說。」

「我……」才說第一個字我便卡住了。

因爲我根本不知道爲什麼自己這麼在意。

是因爲林和翰那張俊美無儔，宛若天神般的面容嗎？是，當然是，我想找到他，然後雇用他當我的素描模特兒，如果可以的話，我還想摸摸看他的臉，親自感受那分分寸寸都恰到好處的比例，到底是怎麼建構起來的，以及活動起來時，皮膚下的肌肉是怎麼運作，才能呈現出如此俊逸的樣貌。

可是，我能和警探先生這麼說嗎？

若他聽了之後覺得我是花癡怎麼辦？

是因爲在那裡遭遇的怪事嗎？是也不是。

是因爲表姊奇怪詭異的行徑嗎？是也不是。

正確說來，應當是這一切的一切都給我一種朦朧曖昧的不眞實感，彷彿有什麼值得探究的風景隱藏其後，我想撥開這些迷霧，親眼看看後面眞實的風景。

很像是我心中有一幅我很想很想畫的畫，但因爲它的輪廓仍不清晰，像是剛懷孕時尚未成形的胚胎，這時除了需要直視自己的心、等待並不斷深究、醞釀，直至誕生之外，沒有其餘的方法。

而我追尋十年前發生的事件，就是一種深究，如此模糊的畫面才會因爲加深認識而變得熟悉。

我該怎麼和警探先生說，他才能懂這仍只是在曖昧不清階段的想法和念頭？

每當這種時刻，我便會覺得大伯父罵得對，我是個除了畫畫之外，什麼都不懂的人……

「靜顏，妳表姊家是不是出現陌生人？」警探先生突然發聲。

「不是人，是鬼。」等我意識到剛才答了什麼的時候，我才發現自己有多介意當晚偷聽表姊說的那些話。

但令我更意外的是，警探先生並沒有露出鄙夷或不屑的神情，而是若有所思地看著我，沾染尼古丁的指尖也開始無意識的搓揉。

「鬼長什麼樣子？」

「其實，我……沒看到鬼。」

事已至此，我知道我非說不可了，便吞吞吐吐地將在表姊家遇到的怪事都說了出來。

「車轍的痕跡？」警探先生停下小動作。「有注意到是從哪裡來的嗎？」

他嚴厲地逼視過來，我稍稍避開了銳利的目光，不悅的說：「我不是你的犯人。」

「抱歉。」他隨口說，整個心思都不在這裡了，彷彿他的腦袋正在思索其他的念頭。

「沒關係。」

「大小姐，我看今晚妳別回妳表姊家了，她家有別人在，很明顯地對妳不懷好意，妳居然如此粗神經……藝術家都像妳嗎？」

「我哪有粗神經……」我沒底氣的囁嚅著。但越想也越覺得表姊家那些奇怪的事情應當不是鬼，而是人。

一想到住在藏有一個對自己懷抱如此惡意的人的屋簷下，一陣後怕立刻湧現。

「以後遇到類似的事情記得要第一時間通知我，知道嗎？」警探先生認眞叮囑。「很多案件在一開始都曾出現一些奇怪的跡象，被害者不放在心上，以爲自己不會那麼衰。」他哼了一聲。「卑劣的犯人最喜歡你們這類大意的被害者了，很容易下手，等到事情真的發生了，再怎麼後悔都來不及，自己痛苦，家人也跟著受害，知道嗎？」

「知道了。」但我現在不能回家，存款也不能像以前那樣動用了。「可是我除了表姊家還能去哪？」

而且，我還想再看一次那張照片。

至少拍照留念一下。

「妳先待在我的事務所，客廳有沙發。我現在不方便帶妳過去，等等還有委託……」他頓了頓，注視我的目光有些悠遠，像是透過我看著某個跟我很相似的東西。「你還記得小傑嗎？」

我點點頭。「負責偵辦母親造成的車禍案件的警察哥哥。」他人蠻不錯的，長的也不錯，待我像鄰家大哥哥般親切，是個古道熱腸的好人。當初在醫院看到他時曾開口想畫他，但他沒答應，說不好意思。要不要找個機會再問一次呢？

「對，我等等會通知他一聲……妳什麼時候想過去時，打電話給他就好，他會帶妳過去。」

「警探先生，你要去哪？」我原本想說他自己不是說「這兩個月都賣給我」了嗎？但又想到他現在的工作是便利屋，除了我之外應當還有其他客人吧。

「先生，您點的原味鬆餅。」服務生總算把現烤的鬆餅送上桌了。

「大小姐，趁熱吃，我先走了。」

「你是點給我的？」

他居高臨下的側著頭。「大小姐妳太瘦了，女孩子還是要有點肉比較好。」

「嗯。」我很認同的點點頭。「的確，瘦成像排骨那樣畫起來一點都不美，豐滿點，身體曲線會更美，就像起伏不定的波浪，又像以S型遊走的……」

……車轍痕跡。

頓時，一件事情突然閃過我的腦海。

「對了，警探先生，那個沒有找到，沒關係嗎？」

「沒找到什麼？」

他又逼視過來，這次警探先生的面容平靜，目光卻有些驚慌，儘管消失的很快，仍是讓我捕捉到了。難得看到他露出這樣的表情的我，悄悄鉅細靡遺地用眼睛細細地描繪了一番。想說，雖然畫興還沒上門，但腦袋可以先建檔，以後等恢復了就能畫了。

不過，爲什麼是驚慌？

「名片啊，你不是請我幫你找名片。」

「名片……」他明顯的鬆了口氣。「沒關係，我另外再想辦法。」

「喔。」既然如此，就不要說什麼沒有這張名片就無法和客人聯絡，虧我那晚爲了幫他找名片還遇到了那麼可怕的事……

思及此，我又心有餘悸了起來。

同時，疑惑也更深了。

「警探先生，等等你要忙的事情，是那張仍沒找到的名片的客戶委託你的嗎？我記得你曾跟我說過，沒有那張名片你就沒辦法和對方聯絡上了對吧？」

這時，警探先生的眉頭一挑，目光變得若有所思中帶點詫異。

我有點緊張的呑了口唾沫，不曉得他會不會因爲我這不禮貌的猜測而生氣，畢竟，他恐怕是現在唯一能幫我調查父親到底有沒有外遇的人了，母親能不能甦醒，又或是更加嚴重，以及我到底能不能恢復以往的生活，還是被迫交付給大伯父監護，就看這件事情到底是如何了。

所以要是警探先生惱羞成怒，拒絕繼續和我合作的話，我……我……

認清現實到底有多糟糕的我，總算明白畫與怎麼會不見了，而這也讓我的心墜落無底深淵，眼前一陣發黑，世界似乎旋轉了起來，變成美麗且朦朧的一片七彩世界。

大家平常都是這麼思考事情的嗎？這好累人。

但已經開始運轉的腦袋已然停不下來。

「警探先生，你怎麼會知道我在搜尋表姊十年前發生的事情呢？」我注視著他又同時注視著過去的種種，又快又失神的喃喃道：「你爲什麼半夜傳訊要我幫你找名片，明明大白天找會比較容易，儘管你說你需要那張名片才能和客戶聯繫，但是也不會有人三更半夜和客戶聯繫吧？如果是重要到非得打擾對方的睡覺時間，也不該倚靠在我這個偏居小村森林中的小女孩，應當有更多更好更恰當的解決方法，不是嗎？更不要提那天攝影結束後，攝影棚有很仔細的打掃過，你們也沒去別的地方，若名片眞的掉了，肯定只會在攝影棚裡……」

「因爲根本就沒有那張名片」警探先生一面說一面回座，招來服務生又續了杯黑咖啡。

「爲什麼你要這麼做？我……」那麼相信你……喉頭的哽咽讓我無法把話說完，我也不想說，這太丟臉了。

「因爲我認爲妳表姊是殺人兇手。」

我詫異地看向警探先生，他的目光炯炯，翻滾著難以言喻的怒意。

「大伯父也說過類似的話。」他說表姊是殺人犯。

「他說的沒錯，但我們懷疑的應該不是同一個事件。」警探先生轉開頭，取出菸和打火機，啪搭一聲，微弱的火光很快就點染了雪白的菸頭，而後熄滅，他深深的吸了一口，徐徐吐出。

「我不太懂你的意思。」淡淡的煙味瀰漫，我知道警探先生不是故意不問過我就抽菸，而是他即將說的事情非常沉重，沉重到會讓他在敘說的同時，恐怕會流露旁人難以窺見的眞心，所以他需要藉抽菸掩飾。

拜母親所賜，我畫過不少人，在這過程中，已然懂得如何從人們的肢體讀出對方的心情，人會說謊，身體的動作除非經過訓練，否則很難做出違心之舉。

「妳不是曾懷疑我爲何會提早退休嗎？這就是答案。」望著即將西沉的夕陽，他露出一抹獰笑。

「妳表姊殺了我的搭檔。」光線將他高挺的鼻梁映照一片橙黃，鼻側的陰影極深，像是烙印般，加深了警探先生的輪廓。

我好想畫下現在的警探先生。

但還不行，所以只能用雙眼將他的身姿深深烙印在腦海。

「十年前我的搭檔負責偵辦妳另外一個表姊葉實夏的自殺案。當年這件案子鬧得很大，在另外一個縣市當差的我都曾耳聞其中只有警察才會知道的消息，更不要提那些最愛炒作名人消息的八卦雜誌，尤其妳表姊和林和翰是當時紅極一時的神仙眷侶，三角戀和爲情自殺這題材，讓記者像獵犬一樣緊盯著警方不放，再加上攝影圈時常和政商名流有互動，上面的受到不小的壓力，希望能快點破案，反正在那群只顧攀附權勢的大佬們眼中，這只是個簡單的自殺案，根本不需要調查。

「我那個搭檔天生就是個直性子的蠢蛋，個性像牛一樣倔，我們都叫他蠻牛，他認定一個方向後怎麼踫都不會回頭。所以當他發現疑點後，便開始和老大，也就是他當時的上司要求更換偵辦方向。老大問他發現什麼疑點，他說傷口不對。」

「傷口？」我問。

「因為當時除了脖子上的致命傷之外，葉實秋的掌心也發現傷口，並且是在死前被割傷的。」警探先生舉起右掌。「由小指上方一直劃到大拇指下方接近手腕的一道割傷。」

「不懂。」我搖搖頭。

警探先生扁了扁眼睛。「大小姐，妳剛剛的犀利跑哪去了？一個要自殺的人會把自己的手掌割傷，然後再割頸嗎？」

「對！」我恍然大悟。「應當是割手腕。」

他露出一副妳總算進入狀況的模樣後，繼續說道：「老大也覺得這個疑點需要調查，於是便准許蠻牛深入調查這個傷口是怎麼發生的。最快的方式是問妳表姊，因為據妳表姊所言，當時妳的另外一個表姊葉實秋是在她面前自殺的，照理來說她肯定看到了事情發生的始末。」

「我表姊怎麼說？」

「她說是她和妳另外一個表姊搶奪刀子時不小心劃到的。」

我點點頭，覺得這說詞很合情合理。

「問題來了，如果妳表姊說的是對的，那麼，當時持刀的該是妳的葉實秋表姊，不是疑似自殺身亡葉實夏表姊。」

我有點矇了。

警探先生進一步解釋。「手掌被劃傷的人是葉實夏，自殺的人也是葉實夏。照理來說，刀子要在自殺的人的手上，阻止自殺的人才會知道事情有多嚴重，並付出行動阻止對方自殺，才會被劃傷。」

「說不定……」我用力思考到覺得頭都要爆了，才想到一個可能的情況。「說不定後來刀子又被實夏表姊搶回去了？」

「葉老師也是這麼說。蠻牛相信了，不過，就在這時，被他請求再一次檢驗傷口的屍檢官發現新的疑點，割頸的傷口走向是由左頸朝喉骨劃下，得知此消息的我的搭檔，又去問了妳表姊一次。這次葉老師說，妳實夏表姊把刀子拿反了，所以才割頸成功。」

我努力在腦中勾勒警探先生說的情景，好跟上他，但仍是不懂上述的說詞哪裡有問題。

「不懂嗎？」警探先生熄掉菸蒂，信手拿來桌上的DM和勾單的筆，畫了一個十分拙劣的小刀。

我想笑又不敢笑，那線條也太歪七扭八了。

他不好意思地暗咳了一聲，我也跟著憋緊唇角，俯身湊過去看。

「還記得剛剛妳表姊說在妳另外一個表姊自殺成功前，她們曾爭奪小刀，使得妳實夏表姊手上被劃傷，深度幾可見骨，然後，刀子又被實夏表姊搶回。」

「記得。」

「假設，一開始的情況是妳實夏表姊正打算自殺，然後葉老師走進來發現了，兩人開始搶奪刀子，這點葉老師沒有說謊，因爲上面……」警探先生靠了過來，帶有薄繭的指尖點了點他畫的扭曲刀柄。

「同時發現了她們兩個人的指紋。然後，葉老師搶成功的同時也劃傷妳實夏表姊的右手掌心，依照傷口判斷，刀子是單刃的，當時葉老師勢必是以刃朝外的姿勢握刀，才能畫出這樣的傷口。」

我點點頭表示自己看懂了。

「然後兩人繼續搶刀。」警探先生將DM折成長方形，並用筆在一邊塗黑，兩手抓握DM的尾端。「假設這一側是刃。然後，我是葉老師，妳是葉實秋，妳現在過來和我搶刀。」

儘管有點害羞，但看警探先生那麼認眞，急於知道眞相的我，伸出手抓向DM。

「大小姐，這是刀子，妳以爲妳在玩空手奪白刃嗎？」他失笑。

「呃……抱歉。」然後，我忍著羞窘握上他的手。

「這才對。」

緊接著，警探先生粗壯的膀臂開始左右搖擺，我的手也跟著擺，然後他一掙，我的手不得不放開，DM也掉在地上，就在警探先生擦的鉦亮的皮鞋旁，我順勢彎身撿起刀子。

「好像有點怪怪的……」我說。

「哪裡怪？」

「不知道。」握著被揉到爛爛的DM，總覺得不太舒服。

「大小姐，妳忘記一件事情了。」

「什麼？」

「割頸，還記得事件的順序嗎？手掌先畫傷，然後割頸。」

「喔。」於是我做出兩手持刀割頸的動作。

「現在看看刃朝向哪邊。」

我依言動作。「啊……是內側。」但一回想方才的情況。「也有可能實夏表姊撿起來時刃是朝外的啊。」

「妳說的沒錯。如果刃朝外的話……」警探先生起身並朝我俯低他那結實的身軀，伸手替我調整DM方向。「刀子就應該是這樣，妳再劃劃看。」淡淡的煙味夾帶成熟男人特有的氣息迎面襲來，我覺得有點暈。

「喔。」我又割了一次，這回有依照警探先生剛才說的，由左耳下方割至喉骨。

「看看妳的手。是不是右手握住刀柄，左手包覆著右手推動？」

「嗯。」

「根據調查，妳的兩個表姊和妳一樣都是右撇子。妳覺得一個右手掌心被劃傷，且傷口深到幾可見骨的人，能握得住刀柄並割頸嗎？血可是很滑溜的。」

「啊……」

「除非是左撇子，也就是左手握著刀柄的人才有可能成功。但前提是滑溜的血並沒有滲到左掌心才行，因爲妳實夏表姊頸項的傷口可是深到幾乎將大動脈給割斷了。」

我越聽越覺得自已手中的DM，就是那把奪人性命的刀子了，於是冷不防地將被手汗沾濕的DM給放下。

「所以，警探先生妳覺得實夏表姊並不是自殺嗎？」

「蠻牛是這麼想的。」他冷笑。「全警局只有他這麼想，但他只是一個小小的公務員，又沒有明確的證據，後來又誤信了周刊的報導，說了些沒有根據的話，給他自己招了點麻煩。最後，這個案子還是以自殺案了結了。皆大歡喜。可我那個搭檔，沒有因為這樣就放棄，直到我被調來和他一同搭檔，他還在查，筆記本裡都是他覺得有問題的疑點，和只有警察才會注意到的線索，寫得密密麻麻，放假也不回家，都跑去妳表姊家附近跟監和打聽。幸好那頭蠻牛還沒結婚，不然現在……」他仰頭喝乾黑咖啡的姿態好像在喝酒。

我也跟著難過了起來。

「總之……」警探先生抹了一把臉，像是想將滿臉疲倦和悲痛都抹去般。「三年前，這頭倔牛失蹤了。」

三年前……覺得這詞很耳熟的我，深思了一會兒，想不出個所以然。

「然後，我收到了這個禮物。」

他拿出一本深咖啡色陳舊殘破，頁角翻捲的筆記本，並翻到最後一頁。

潦草的字跡寫著：「小余，哪天我失蹤了，疑犯只有一個，就是葉實秋，剩下的事情就拜託你了。」

我開始覺得因著這個筆記本，整件事情變得眞實又荒謬了起來。

「你們應該有展開調查吧？」我怯生生地問，深怕事實眞的會像警探先生講的那樣——表姊是兇手。

「當然有，我們調查到蠻牛最後被人目擊的地點是檳榔村，也就是妳表姊現在住的豆腐屋附近的那個村，除此之外，沒有其餘更可靠的線索了。大小姐妳也知道現在的警察有多忙，不可能一直把警力放在調查失蹤案上，儘管這人是我們的同僚，但在更進一步的線索沒有出現之前，我們也沒辦法做什麼……才怪！」他猛然拍桌，驚的附近的客人都轉頭看著他。

「我就是不爽這個破體系，蠻牛都在筆記本上說葉老師有問題，媽的，老大他卻死咬著沒證據不放，剛好那時又發生幾件大案子，老大想藉此把我支去調查別的。算了，我不想幹了。於是我便大鬧了一場，讓老大逼得不得不請我提早退休，這樣我才有時間調查那頭倔牛到底是怎麼了，以及妳表姊到底葫蘆裡在賣什麼藥。」

「所以你才騙我說有名片掉在表姊家？其實是要我幫你暗中打探？」

他點頭承認道：「妳的來到是個很大的突破，原本我快要放棄了。妳們藝術家都是宅女嗎？十天半個月都不出門，要不是今年她突然又開始與外界接觸，甚至還開放讓雜誌社進去商攝，我根本找不到機會進去一探究竟。」

他瞇起眼角，露出一抹滿意的笑。「更好的是妳的出現，妳說的那些事情，再再證明了妳表姊的家果然有問題。」

我沉下了臉，覺得一顆心漸漸沉入湖底，遍體冰寒。

難怪當初他當臨時模特兒給表姊拍照時，兩人之間的氣氛就像是仇敵對峙似的，充滿無聲的較量。

他從那時就計算起我了吧？

「你是因爲這樣才答應給我畫的嗎？」

「是，我承認我利用了妳。」他一頓，隨即信誓旦旦地宣告。「妳不會吃虧，妳父親的事情我已經開始調查了，視情況我也願意幫上一幫，否則妳一個大小姐，恐怕會被妳那個貪婪的大伯父……」

他的話被一盤冷掉的鬆餅給澆熄。

我很好心的先拿走裝蜂蜜的小壺了，否則他不會像現在這樣只是沾到些許糖粉。

「不稀罕。」

語畢，我抓起背包，甩頭便跑了。

我一秒都不想再待在這個骯髒的大人身邊，好噁心，好可怕的算計。

還以爲他是眞心對我好，眞是太傻太天眞了。

沒關係的，我可以自己調查。

誰稀罕！

第五章 美麗是主觀的、易變的、人們渴望永遠擁有

右手被猛地攢住地瞬間，我朝後一倒，撞入某個混合著煙味和成年男子氣息的懷抱中。

「妳在發什麼大小姐脾氣？」

「反正我就是大小姐！」我又甩又跺腳的；要不是捨不得破壞他的皮相，眞想在他死都不放的手上狠狠咬上幾口，反正掙不開，咬兩口也値了。

爲什麼事情會變成這樣？

「妳這樣要怎麼談事情？到最後吃虧的是妳。」他氣呼呼地不讓我走。

「警探先生沒資格說我，你這個騙子！」被欺騙的怒意讓我變得完全不像自己。「你一點都不美了！」

警探先生性格的臉閃過一陣紅暈，我有些洋洋得意，又覺得難過極了。虧我那麼信任他，那麼期待能畫他……

而後他看了一下左右，隨即用力地拉著我到無人的樓梯井，有些慌張地翻找口袋，直到一張皺巴巴的手帕按上我的臉，我才發現自己哭了。

有什麼好哭的？我罵著自己，淚水卻怎麼都止不住。

「大小姐，別哭了好不好？是我錯了，對不起，別哭了。」警探先生一臉頭痛的直搔頭。「我最受不了女人哭了。算我拜託妳，別哭啦！」

「我沒哭。」用力吸了吸鼻子。「你的手帕好臭。」都是菸味，肯定是和菸盒放在一起。

「單身漢身上能有手帕就不錯了……」他滴滴咕咕的搔搔臉，隨即一個正色，立定站好的對我；「對不起，我不該騙妳。這是當警察的職業病，我們習慣用各種方法找出證據並讓嫌犯認罪……」

「我不是你的犯人。」我氣鼓鼓的斜睨他一眼。

「大小姐說的是。」他恭敬中帶點小心翼翼的問道：「沒事了？」

「鬼才沒事！你答應我的好多事情都沒做到。說要給我畫畫，還要幫忙調查我爸外遇的事情。」

「是是是。大小姐，我只有一個人，一件一件來好嗎？」

見警探先生低姿態地蹲下身，滿臉懇求，嘴唇略嘟，兩掌合十，對我這個年紀小了他不只一輪的女孩子裝可愛，我忍不住噗哧笑出聲。

「謝謝大小姐。」

「好了啦！再被警探先生這樣叫下去，我就眞的變成大小姐了。」將手帕摺起時，我注意到上面有淡褐色的痕跡。「洗乾淨再還你。」奇怪，是沾到了什麼？

「大小姐，眼淚是沒有顏色的。」他直接在我的手心攤開手帕。「這是我的第一個被害者留下的血。我沒能救到他。」

我先是死瞪著那塊在我眼中越來越大，越來越鮮豔的痕跡，然後才抬頭對站在我面前的警探先生說：「大人都這麼卑鄙嗎？」這招太超過了。

「活著本身就是一件卑鄙的事情。」堅毅的雙眼狡黠地眨了眨。

他一點都不覺得用這招對付我有什麼好心虛的！

「那我不要長大好了。」我半賭氣半認眞地說：「畫畫是一件需要正面面對自己的事情，否則什麼細節都看不清楚。」

「嗯，大小姐妳就維持這個樣子吧。骯髒的事情就交給我來做。」他伸出手，試圖想要和以前那樣揉揉我的頭，卻在還未碰觸前便收回了。

怎麼可以這樣呢？

於是我衝動地抓住他的手，用力握了握。

「我們的交易還在，你不能放棄。我沒有你以爲的那麼天眞……我一點都不悲傷，母親變成那樣我也只想著畫畫，要不是被逼到連畫畫都不能了，我不會、不會……」

不會花時間思考這些事情。

「妳很幸運，在事情尚未到無法收拾之際前，便查覺到最重要的是什麼了。」

「什麼？」

他指向我的胸口，那顆自我出現在母腹中便一刻不息，穩定跳動，艷紅鮮活的臟器。

「我當刑警這麼多年，明白一件事情，一個人不管多有錢多醜陋多有權勢，也不管身分爲何，最重要的東西都在於這裡。行差踏錯人人都會，重要的是有沒有反省和贖罪的心。察覺的同時就是新的自己誕生的開始，不要太過指責那個做錯的自己，把力氣放在鼓舞自己面對錯誤、反省、解決問題，以及如何致力於不重蹈覆轍的正面思考上，這才是對妳自己、對妳一直說很美的這個社會，都有益的一件事情。」

我被這段話衝擊的愣了半晌，才吐出一句。

「警探先生你眞的是警察耶，好會說教。」

「難不成還有假的。」他這回又伸出手，並且狠狠的揉亂了我的頭髮才收回。

「沒辦法啊，我已經不是以前那個什麼人都相信的女孩子了。」

他挑眉。「大小姐，妳打算一輩子都要用這件事情吃定我嗎？」

「如果可以用這件事情作爲交換，好畫你一輩子，我願意。」

警探先生猛然瞪大眼，使得那張又瀟灑又有點痞痞的成熟面容，變得有點呆，有點好笑。

「大小姐，妳知道妳剛才說了什麼嗎？」

我愼重的點頭。「當然。我是眞心想畫你的。只是目前恐怕不行，畫興還沒回來。」

他又愣了愣，隨即單掌掩面的仰天長嘆，嘟囔道：「玩弄大人……」之類我聽不太清楚的話。

「我很認眞，沒有開玩笑。」我再次陳明自己的眞心。

「我知道……」他無力地瞥了我一眼。「大小姐，以後這話不要對別人說，知道嗎？」

「警探先生你說這話是什麼意思？」我有點不高興了。「你是頭一個讓我有這個想法的人耶。」

「好了！別說這個了。」他略略正色。「我們來合作吧。妳幫我調查我的搭檔的下落，或是妳表姊任何可疑的行動；我則是幫妳調查妳父親的外遇眞相，並提供之後妳需要的任何協助。當然，妳不願意回去妳表姊家也不影響後者的條件，畢竟我已經收了妳的錢，自然會效力到底。」

「你希望我回去嗎？」我只想知道這點。

警探先生搓揉手指，這是他在思考時特有的小動作，蠻性感也蠻不符合他給人的形象。

我知道他在猶豫，因爲我是目前唯一一個能在豆腐屋長住的人，等於我也是目前唯一一個能在不引起表姊的戒心，替他調查相關線索的人。

「回去後我需要注意什麼？」

「不，太危險了。雖然葉老師到現在還沒有做出危害妳的事情，只是些小打小鬧的惡作劇，可是，不吠的狗才危險。」

「就算警探先生你這樣說，我還是得回去，我的東西都還在那。」而且，我想拍下攝影棚那張林和翰的照片……等等，我記得單志一老師曾說表姊當年的合約中有出版社的，會不會是出攝影集？看來等等可以上網查查看表姊有沒有出攝影集，這樣稍後去圖書館找攝影協會出的年鑑時，也能順便找來看看，如果有林和翰的那張照片的話，直接在圖書館拍就好了。

這樣就不用擔心可能會被表姊看到我拍林和翰的照片了。

「那好吧！」他豎起一根手指頭。「就一天，明天我會和一個攝影團去葉老師家進行別的攝影項目，那時妳跟我一起離開，葉老師早前就知道我曾負責載妳過去，這回載妳離開也很合情合理。大小姐妳就在這不到二十四小時的時間內，盡量探察豆腐屋內有沒有密室，或是奇怪的隔間和用具，用手機拍下來傳給我即可，不要太過深入，覺得危險馬上離開，也不要打草驚蛇，知道了嗎？」

「知道了。」

「一個人越急著忙某件事情時，一定會忽略其他方面的事情。葉老師在忙著趕妳離開的同時，肯定會做出一些不是平常會做的事情，然後，顧此失彼，紕漏就出現了。」散著魚尾紋的雙眼閃過一到厲芒。「屆時，就是尋找證據的最好時機。」

一陣咕嚕聲響起。

他眯起眼，唇角揚起。

「我請妳吃晚餐，順便報告新調查到的線索。」

「什麼線索？」

「妳父親的外遇。」

☾⋆

警探先生做的炒飯出乎意料的美味。

雖然很醜，全部都是咖啡色的，但蒜頭和醬油的香氣非常刺激食慾，包裹蛋液的飯粒鬆鬆的略帶濕潤，很好入口，尤其我又多日都只吃泡麵和冷凍食品，所以幾乎一開始吃就停不下來。

比較特殊的是，裏頭除了蒜和蔥之外沒有其他的青菜。

「我不吃菜，水果也可以補充纖維質。」

所以他拿了一條香蕉給我。

望著他兩口就吃完一根香蕉的壯舉，吃不下這麼多食物的我，默默的把香蕉放到背包。

他的事務所也出乎我意料的乾淨，而且是他自己收拾的——看他擦桌子搓抹布有多俐落就知道了，和父親完全不一樣。

父親的書房是我家最亂的地方，因爲他不讓管家進去整理，說雖然書房乍看之下很亂，但其實東西都照著一定的順序擺放，如果有人動了，他就會找不到了。但我和母親都不信這套說詞。

望向窗外，挺立的阿勃勒已結莢果，遍照大地的夕陽照射在新長的嫩葉上，使油綠綠的顏色染上了燦亮的曙色，我的腦海中浮現通往表姊家小徑的那棵阿勃勒，是因爲兩地的氣候有別的緣故嗎？那棵阿勃勒仍花開燦爛。

「咖啡？」

「好。」

然後警探先生便用湯匙在即溶咖啡罐中舀了一大匙，然後就這樣用湯匙在裝了熱水的馬克杯隨意攪了攪，遞給我，然後又拋了奶精和糖粉包過來。

手忙腳亂地接下後，他一面拿著自己那杯咖啡，一面用腋下夾著一台筆電走了過來。

「妳看看妳認不認得這個女的。」

他點了幾下，螢幕上出現一部影片，畫面晃動且有點不太清楚，後視鏡裏頭清楚照出汽車的後坐和後車窗，所以我一下子便認出這是警探先生在車內偷拍的影片。

「哪個女的？」

「穿紅色洋裝的。」他指向正站在裝潢的金碧輝煌的大門入口外，送一群西裝男客上車的紅裝女子。

儘管畫面的解析度並沒有很高，還是能看得出來這位小姐的面容妝點得很精緻，盤起的頭髮刻意在腮邊挑了幾撮任其垂下，直抵包覆高挺胸脯的小禮服上圍，而波浪狀的裙襬則是恰到好處的包裹穠纖合度的身軀，露出纖長美腿，活脫脫一個尤物。

「不認識。」我說。「她就是父親外遇的對象？」

「嗯。」

頓時，我的胸口五味雜陳。

「她和母親完全不同，不是同一個類型的。」

如果父親眞的迷戀上這個女的，我會很……失望。

不是說這個女的不好，而是……母親贏太多了。

身爲混血兒的母親，光五官就比一般人還要美上許多，脣紅齒白，鼻挺又尖，眼眸深邃，擁有混血兒才有的特色。並且母親習畫多年，其氣質絕對不是一般人比得上的。

「大小姐，別激動，妳再繼續看下去。」

畫面中的送客人上車的女子紛紛回到店內，僅剩下紅裝女子仍站在外頭，她期待不已的張望馬路的兩旁，湧現笑容的下一個瞬間，一輛高級轎車開入鏡頭中，車子停妥後，某位身穿西裝的偉岸男子，以背對鏡頭的角度下車了，女子笑瞇瞇的迎了上去，並勾起那人的膀臂，男子沒有推開，而是轉身朝司機交代幾句，因此我才得以看到他的側臉……

那是一張鼻樑高挺，眼睛狹長且深邃，酷似父親的臉。

「大伯父！」一個巨顫，熱騰騰的咖啡就這樣灑了滿手。

「笨手笨腳。」警探先生低罵，連忙拉著我到開放式廚房，將我的手按在水龍頭底下，大量的冷水立即沖下。

「爲什麼大伯父會出現在那裏？」我根本感覺不到痛，只想趕快釐清這一切。

「大小姐，妳能不能多注意自己一點？」警探先生一副快被我打敗的模樣。

「那個不重要。我想知道的是……」

「不重要？」

警探先生突然大吼，我驚呆了。

「妳的手能畫出很棒的畫，是很重要的一雙手。」

我眨了眨眼睛，這才意識到警探先生現在有多靠近我，近到我幾乎能聞見他特有的成熟男子的氣息，也能清楚看見他那正在吞嚥唾沫的喉結。

他在緊張嗎？

「你……看過我的畫了？」儘管喉嚨有點發緊，但我還是問了，因爲我好想知道。

他的眼神飄移了一下。「妳父親的事情算是調查私事，自然要先知道妳們家的情況。」

「喔。」這話說的合情合理，但我不太滿意。

「還有，那天接妳時妳不是畫了一張水彩，我不太懂畫，但那張蠻不錯的。」他頓了頓，而後硬擠出一句話。「顏色很漂亮。」

很貧瘠的讚美，但我開心極了，可一想到後來發生的事情……我的臉便垮了下去。

「那張阿勃勒不見了……」每張畫都是我辛苦孕育出來的寶寶，就連捐給學校都很捨不得了，更不要提無故失蹤。

「會找到的。」

他拍了拍我的頭，隨即彷彿有一股電流在我們之間竄起似地，我們自然而然的各退了一步。

「希望。」

「應該可以了，我一邊上藥一邊和妳說吧。」

於是我們又回到兼當客廳的事務所大廳，他拿來藥膏後，一面塗抹我的手，一面說道：「根據調查，妳父親是被妳大伯父帶去這家名叫《醉妃醉酒》的酒店，幾次去都是爲了招待畫廊的客人，後來這位花名叫做小紅的酒店小姐，便勾搭上妳父親。還出錢要其他小姐別和她搶妳父親。」

「……」我很想罵髒話，但一時之間實在想不到，只能咬牙切齒。

母親也是這種心情嗎？

「這是酒店拉住客人的一種方式。酒店小姐有業績壓力，不見得都是想破壞別人家庭的壞女人。只不過妳父親的電話不是妳父親給的，而是妳大伯父。」

像是看出我眼中的疑惑，警探先生進一步解釋道：「小紅的朋友跟我說，她說她私下接了一筆單子，有人出錢請她勾引一個男人並當上他的小三，出錢的人就是妳的大伯父。」

「爲什麼大伯父要做這種事情？」

「不知道，我只調查到這。總之，妳父親外遇的事情不單純。好了。這幾天盡量不要碰水。」

「喔。」我已經聽不見警探先生說什麼了，因爲滿腦子都是大伯父刻意誘導父親外遇的這件事情。

「警探先生，大伯父他爲什麼要這麼做？」

我不懂大人的想法。

「證據不足以判斷。」警探先生淡淡的一句話便將我的疑慮都打發了。

我知道他說的是事實，可胸口仍悶悶脹脹得很不舒服。就好像一幅畫怎麼畫都畫不出自己想要的感覺時，明明筆下塗的是花，但漸漸的卻只是色塊了。

一點都不美。

現在，我只知道父親死了，當初害我們一家破碎的事情另有蹊蹺，但他有口不能言，單靠我這個女兒替他找出眞相了。

「現在，我們該討論正事了。」

我看向站在窗邊，一半的臉被黑夜和菸霧隱藏，一半的臉則是讓火光點亮，既正且邪的俊偉面容。

「該如何讓大小姐妳安全且有技巧地找出葉老師家的祕密。」

☾

知道事情的眞相後，眼前的風景也隨之改變了。

以往表姊家在我眼中就是個蓋在豌豆池旁的豆腐屋，方方正正的，和周遭各種恣意生長的植物完全相反，有股衝突性的美感。但現在表姊家卻像是個潛伏中的怪物，雪白的外表有著幽暗的無底深淵，貪婪的吞食一切。

而我，現在又重新回到這個家了。

翻開昨晚我在警探先生的事務所畫的平面圖，上面有警探先生說明時所畫下的痕跡，便宜的原子筆時常溢墨，在我的鉛筆的痕跡上，留下了點點深藍色的暈染，像是一條唯有我和他才知道的祕密小徑，很美。

腦中突然浮現他看見我畫的圖時的訝異，問我怎麼會把表姊家的格局，甚至是廚房裡面的所有布置都記的這麼清楚，問我是不是有過目不忘的天賦。

「常畫畫的人都能練出來啊。」否則怎麼將眼中風景描繪在紙張上，沒他以為的那麼誇張。

警探先生一陣失笑，讓我們沉重的心情稍稍放鬆了些。

我們都認爲密室的所在處，應當是表姊的工作室。

依照警探先生的搭檔的筆記內容看來，攝影棚是後來表姊請人來加蓋的，目前的工作是則是客廳改裝的，據說，原初設計中僅保留落地窗的部分，新增了暗房和安裝給流理台使用的水管線路等。

警探先生說他因著工作的緣故去過表姊家數次，但因為只是去拍照，外加每次表姊都會吩咐主辦單位自行準備吃食和飲水，所以僅有幾次他瞄準有人使用攝影棚的廁所之際，刻意說吃壞肚子，表姊不得不答應讓警探先生使用廚房旁的廁所，他才有機會一探表姊平日生活的區域。

不過，畢竟他是去拍照的，不少人盯著他，根本沒啥機會多觀察，因此才認為我的入住是一個非常好的機會。

我推測他是在接到大伯父的委託時，便打起利用我的主意。

之前的不滿和氣氛已然消逝，反而還有點慶幸能藉著這事和警探先生合作，否則，我們家的情況恐怕會更加……

甩甩頭，我要自己別多想，專注在眼前自己所能辦到的事情即可。

等一切的眞相都大白，塵埃也落定，屆時，我相信我的畫與一定會回來。

之前只是隱隱約約有這種預感，不過，在警探先生坦承一切後，我能肯定了。

阻礙畫興的並非父親驟逝或是母親發狂，而是那隱藏在暗處翻湧的惡意，使以往總讓我能安心沉溺在畫中的氛圍急遽褪去，除非解決這些令人不安的變動因子，我無法安靜在畫前，更別提繼續畫畫了。

這就是爲何我願意重返表姊家的主因。

「警探先生眞的很溫柔呢。雖然他也有大人的狡詐就是了。」

我一面在表姊騰出來給我住的房內，回想他送我回來時，再一次表明他不建議我回來時的神態，一面將他給我的迷你行車紀錄器別在胸口的口袋邊緣，電線和電池則是捲成一小包放入口袋，再隨手畫了一隻蝴蝶，依照攝影口的大小割下一個圓，其餘部分塗黑，剪下後卡入攝影口，用雙面膠固定其餘部分，然後站在窗戶前觀察。

「看起來就像個紙蝴蝶別針。」

應該不會被發現。

正當我如此自得意滿的觀望玻璃反照的自己時，一團白且毛茸茸的東西撞進視線。

抬頭張望，白團鬆散的垂掛在粉紅色的肉的下方約三分之一處，最尾端有兩片橢圓形的耳朵垂墜，粉紅色的肉則是呈現狹長雞腿狀，白色的膜包覆鼓起的肌腱，上面有幾道小小的割傷，正有點點血珠沁出。同樣的，肌腱尖端也有白色的毛團，但沒有下方這麼多，僅只有一點點，並且沾染了泥土而呈現土黃色。

這是什麼？

我走進窗邊，仔細觀看，這才看得到透明的尼龍線纏繞其上，並一直延伸到窗戶的最上方處。

就好像有人站在我房間上方的屋頂，惡作劇的似的將白團垂降至我的窗前。

「這是……」

等我看懂這吊在窗外的白團是什麼，並且觀察到有些許脈動在粉色肉團中跳動，血珠也隨之從小傷口蜿蜒而下時。

是兔子！

還活著的兔子！

「哇啊！」

我忍不住連連後退並放聲尖叫，一陣陣噁心感令我彎腰乾嘔。

應當是個在草地裏蹦蹦跳跳的鮮活生命，就這樣被人為的、惡意的、甚至是戲謔地給剝皮了……好噁心。

這時，剝皮兔子開始緩緩垂降，宛若一隻快沒電的電動芭蕾兔子般徐徐旋轉，不知名的操控者，將牠從窗戶的最高處，緩緩垂至我的視線水平處，也因而另一個固定在尼龍繩上的東西也顯露了出來。

一只中空的小小石膏碎片，像是臘腸串似的固定在剝皮兔子的上方。

一開始因為石膏碎片背對著我，外加外面一片漆黑，光線不足以看清石膏碎片的形狀。直到那根細細且暗暗發光的尼龍繩，帶著剝皮兔和石膏碎片慢慢轉了一圈，一張貼在石膏上的照片也因而轉了過來，我才看清楚那是……

我。

「啊啊啊——」

碰碰碰的拍門聲響起。

「靜顏，怎麼了？」

現在回想起來，表姊的聲音中有股怪異的慌張感和……著急？但當時嚇慘了的我根本無暇注意這些小細節。

「外面有……兔、兔子！還有還有還有……我……」我嚇的口不成言。

因爲。

石膏碎片鑽的小孔承受不了本身的重量，尼龍繩割裂了小孔，使得我的照片在眨眼間迅速與剝皮兔而合爲一，乍看之下彷彿是我被剝皮，是我被如此冷酷戲謔的對待。

一股戰慄感自脊椎如電流般竄過。

我硬生生打了個冷顫，全身抖個不停。

「靜顏，開門！」表姊敲得更用力了，甚至還用肩膀撞門。

我這才意識到爲何表姊至今仍衝不進來，因爲我回來時習慣性的用椅子頂住了門。

於是我連忙轉過身，手忙腳亂地將椅子頂在地上的兩腳拉開，移至一旁，快與門脫開的喇叭鎖發出喀的一聲，隨即便與表姊一起摔在房間地板上。

「妳看見了什麼？」表姊驚慌又急迫的抓著我的手臂，死命的前後搖晃，使我眼前一陣天旋地轉，我連忙按著胸口的紙蝴蝶，生怕它掉下來，免得被表姊發現。

「我……」

是的，我看見「我」了。

「快說啊妳！表姊不會笑妳的，妳到底看見什麼了？」她沒有聽懂我的意思。

所以……做出剛剛那件事情的人並非表姊？

想到剛才剝皮兔和……石膏碎片的動作，只要用根線便能上上下下的移動，不需要人在頂樓才能操作。

就在這時，我突然覺得不認識自己了。

平常我很懶得想除了畫畫之外的事情，覺得人際關係啦、念書啦什麼都好麻煩，完全沒有興趣把心思花在這方面，幸好我是美術班的，也幸好只要把必出考題烙印進腦海就能應付考試。

我喜歡觀察人、觀察環境，但不會去進一步的思考，光是在腦中規畫該用怎樣的筆觸、色調、手法將眼前所見描繪下來，便已經耗盡所有腦細胞——可是，自從畫興離我遠去後，腦袋瓜居然也開始運轉了……以前的我並非這種會思考這些事情的人啊。

所以，我並不如自己以爲的特別，我只是將大家用來應付日常瑣事的腦細胞，轉爲用在畫畫上面，沒有畫畫後，其實自己與一般人無二異。

這想法令我非常難受，可又眞實的無法否認。

「靜顏，妳快說，妳是不是看到了……」表姊的聲音將我喚回神。

「看見……鬼嗎？」

頭一次，我眞實的看見一個人如何單單用面部便表現出「如遭雷擊」的精髓。

望著表姊這張和自己有幾分相似的面容，出現這樣的表情，我啼笑皆非地在心中嘆了口氣。

眞不愧是警探先生啊，又被他說中了。

在他送我回表姊家的路上，警探先生吩咐了許多與表姊應對的內容。

首先他要我將之前在表姊家遇到的怪事，找機會很自然地告訴表姊，並詢問她原因，表姊回答的內容我不需要刻意強記，因爲重點是在表姊聽到那些怪事的反應，而這些都會讓行車紀錄器改造成的針孔攝影機攝錄下來，同時他也會用手機好好查看。

「用手機看？」

「大小姐，妳和世界脫節脫很大唷！現在有種叫做Wi-Fi的東西，只要有網路就能連線了，」我知道Wi-Fi，但不懂這和他能用手機看針孔攝錄影像有什麼關聯。但無所謂，警探先生看得到就好。不曉得警探先生在車上用手機看見表姊的表情時，他會怎麼解讀？

表姊驚愕的神情一閃即逝，隨即便恢復平日冷淡疏離的模樣，帶點低諷地說道：「靜顏，妳都幾歲了？還相信世界上有鬼？」

「我相信啊。因爲……」一股椎心的痛狠狠刺入我的胸口。「自從車禍之後……」如果沒有鬼，不就等於沒有靈魂，那麼父親他……我說不出來了。

表姊眨眨眼，露出恍然的模樣。

「好了，說說妳剛剛到底看見什麼。」

「看見……」我一面說一面回過頭，打算指著那個東西好跟表姊詳述方才的情況，但沒想到窗戶外面一片漆黑，宛若深淵，剝皮兔和貼有我的照片的石膏碎片都不見了。

「在哪裡？」

「啊……咦？」

該不會掉下去了？

思及此，我立刻起身奔至窗邊，推開窗並朝下眺望，自屋內透出的光線微微能看見牆邊和靜止不動的雜草。

「沒有……」我低喃。「剝皮兔和我都不見了。」

「什麼？」表姊也擠了過來，和我一樣朝下張望。

還是收上去了？

翻身朝上眺望，在黑夜中變得灰灰髒髒的屋頂邊緣什麼都沒有，不管多仔細的察看，頂多只能找到鳥兒留下的穢物痕跡。

「也沒有。」

我看著也以同樣疑惑中帶著審視的表情看著我的表姊，細細思索方才的情況。

難不成是表姊撞進來時，她也順便把釣線給收起來了？

還是……這屋子真的有第三人在？

如果是的話，那人會是警探先生的搭檔？

「妳剛剛看到一隻剝了皮的兔子？」表姊問。

「嗯。」

「還有妳？」

「嗯……」

「靜顏，表姊知道自己沒有什麼立場管妳。但妳這幾天早出晚歸的情況也太嚴重了。如果妳剛剛的難過是真的，就不該因爲失去雙親的管教而徹夜狂歡，妳看妳玩到黑眼圈和血絲都跑出來。」

「我沒有！」我氣憤地否認，眼眶因委屈而酸澀。

「那妳爲何被自己的身影嚇得尖叫？」

表姊用下巴指了指窗戶，我看見自己倒影像是一抹憔悴的幽魂浮現其上。

看來表姊完全誤解了我說的「我」是什麼了。

可是，要和表姊解釋嗎？

腦中浮現拍有我的頭的照片，卡在兔子那仍有微弱脈動的粉紅腿肉的景象──無助的、脆弱的待宰羔羊啊──肚腹一陣翻湧。

表姊誤把我的猶豫當默認。

「妳好自爲之。我去洗澡了。」

她拋下這句話後，便離開了我暫居的房間，我這才把哽在喉中那口鬱悶給吐出。

被人誤會還不能解釋的滋味眞不好受，以前的我從不曾有過這方面的經歷。

總覺得……自從車禍發生後，自己遇上許多十七年前都不曾經歷，又或是不曾深深體驗並思考的人事物。

像是邀請陌生人當素描模特兒、被迫去陌生人的家裡住、被人冷漠以待、被嚇、主動搭上陌生人的車、被威脅、看破大人的謊、思考思考思考……

感覺自己好像在某種奇妙的處境中，不停地被破碎，而後組成，然後又被破碎、組成。

最後，我會變成怎樣呢？

儘管恐懼非常，同時，我也非常期待。

「好了，該進行下一步了。」

再一次確認紙蝴蝶別針的狀態完好，我將收拾好的行李從窗外拋出，躡手躡腳地離開房間，踏上長廊。

嘩啦嘩啦的水聲從廁所傳出。

看來表姊眞的去洗澡了。

當初警探先生和我討論後，我們一致認爲最佳並且唯一能一探工作室的機會，是表姊睡覺和洗澡的時候。

但因爲表姊是創作者的緣故，生活作息非常不穩定，並且她又爲了隔天要來豌豆池拍攝的活動，趕製新的雕塑中，所以幾乎一整天都關在工作室裡，只有上廁所和洗澡會離開久一點，畢竟裏頭也是有冰箱和流理台，吃食一點都不需要擔心。

更何況，當全身心都投入創作中時，人是感受不到飢餓和睡眠的，我很清楚這點。雖然應該也不會想要洗澡，但母親有時候反倒會在這個時候洗長且仔細的澡，把這當作一個凝聚精神好全心投入的儀式，藉此將自己調整到最佳的狀態。

因爲，創作不是工作，無法機械式地應付，而是要投入身心的去醞釀，甚至入其骨肉，才有機會做出非死物的創作。

好比母親懷孕時，會盡可能地做一切對寶寶好的事情和準備，創作也是一樣的，同樣都要經過漫長的孕育和生產過程，而且這並不表示接下來便能一切順利，萬事如意。

我相信表姊也有同樣的儀式。

因爲母親有，我也有。

而我，猜對了。

探手按在工作室的門把上，悄悄轉動，咖的一聲，門打開了。

水花四濺的聲音在闔上沉重的工作室大門時消失。

熟悉的氣味迎面襲來，狂跳的心跳趨緩。

「工作室的消音做得很好啊。」那麼……我的目光掃過宛若戰場般雜亂的工作桌。「表姊是怎麼聽見我的尖叫的？」

我想不出答案。

第六章　美，令人狂顛，美，令魔誕生

「或許她剛好出來上廁所。」這是我唯一想得到的合理解釋。

拿出手機，打算和警探先生報備自己已經成功進入工作室，卻發現表姊家的網路設定密碼了。

「之前都沒有啊……沒辦法了。」收起手機，我決定先探一探工作室，等等再從包包中拿無線網路基地台來用。

工作室比我頭一次進來時還要亂上許多，各種黏土打造的石膏殘肢和巨大昆蟲散布、許多我認得或不認得的工具、道具、材料等。

然後，我看到了一艘船。

一艘滿載人體軀幹與昆蟲截肢屍體的船。

其中還有空出約莫僅能讓一位成年人入座的位置。

「是明天拍照時的主道具吧？」我這麼猜測著。

與蜻蜓翅膀、纏捲如兩蛇交織的膀臂擦身而過，我逐漸深入長方形的工作室。

警探先生告誡的話浮現腦海。

「對了，要查看冰箱或抽屜等可以放東西的地方……尤其是能存放大體積的容器。」

於是我走向防塵箱，裡面擺了許多台我只念得出廠牌，但看不懂型號的高階相機，以及應該是用來清潔和保養相機的器具。

「沒有可疑的東西。」

關上門，我打開一旁的冰箱。

「原來在這裡！」

我驚嘆的看著冰箱裡存放的各類生鮮蔬果與肉品、乳製品、蛋魚豆類，甚至連米和麵都放在這裡面了。

望向冰箱旁的流理台，我低嘆。「原來那天在阿勃勒那裏和我搭訕的歐巴桑說的是眞的，她的確有送菜給表姊。啊，還有那天表姊拿著芹菜在廚房清洗……果然不是她自己種的。」說不出來的鬱悶讓我不快的關上冰箱門。

自己眞的是被討厭著嗎？

既然如此，表姊可以拒絕讓我住進來啊。

如果她眞的藏著一個人或屍體，應當怎麼樣都會拒絕的吧？爲什麼答應了？事後搞這些手腳不是很麻煩很多餘嗎？

好多問題都找不到答案。

想要知道解答的話只有有一個方法。

那就是繼續前進。

於是，我走向高抵天花板，左右對齊排列，僅空出中間走道的貨架層。

這裡的東西倒是和上回看見時差不多，絕大部分的雕塑都沒有變動，移動和增減的都是放在最下層的水桶、黏土和雕塑泥等工具和材料。

中空型的貨架處處是空隙，一眼便能望穿上面放了那些東西，目前看來都是以雕塑居多，並且，多虧表姊沒有隨手關燈的習慣，凝神細看便能看清楚那些蒙上一層細細灰塵的石膏像們。

隨著腳步的深入，視線所及之處也越來越灰暗，漸漸的，石膏像們只看得見溫潤的輪廓，冷冷且靜默地待在原處，眞僞難辨。

我覺得我好像走進了一間巨大的陵寢，而創造這些雪白斷肢殘骸的正是表姊。

「表姊很著迷人體和昆蟲的斷肢啊……貼在攝影棚牆上的攝影作品中的雕塑，應該也放在這吧？」我輕聲低喃，有點想看那幾具做得維妙維肖的斷肢雕塑，也想趁此良機驗證自己當初的設想——斷肢應當是直接用眞人的身體覆蓋石膏再翻模做出的，而且是同一個人。

很快的，盡頭到了，而我一無所獲，沒有看見照片中的雕塑，也沒找到密室入口。

「奇怪，在哪呢？」

沿著白牆，曲指敲擊，同樣都是咚咚咚的聲音，我不會分辨空心與實心的聲音有何不懂。

「傷腦筋，該多和警探先生請教些訣竅的。」現在後悔也來不及了。

視線隨著嘆氣而低下，然後，我發現了。

兩小兩大的圓圈圈出現腳下。

「這不是上次在布幕下看到的痕跡嗎？」

視線沿著車轍的方向看去，四個圈圈在貨架左側牆壁嘎然止息。

不，不對。「應該是……圈圈的痕跡被牆壁截斷了。」我恍然。「密室就在這後面。」

我激動地摸索著白牆，希望能找到按鈕或是某種開關，卻一無所獲。

「對了！」我想起曾在電影中看到有錢人會把密室的開關藏在書架深處，於是便開始摸索著這附近的貨架，按按缺少足肢的竹葉蟲眼睛、轉動呈現X狀的兩隻手掌、觸摸開出腐花的腸子、一個個拿起又放下散置並指甲片掀起如翅膀的腳指頭，每碰一個雕塑我便會回頭看一下圈圈消失的牆壁，期待出現一道門，但都失望了。

「看來得爬上貨架了。」只剩下最高那層的物件沒有碰過。

於是我把隔層的板子當作梯子，就這樣手腳並用地爬上去，很少運動的我差點因為腳趾頭力量不足而滑落，所幸手指還孿有力的，這才沒有眞的掉下去，但也因而吸入最高那一層板子上的灰塵，打了個噴嚏。

就在這時，我看見靠近臉部的灰塵如飛灰般揚起，我連忙轉過頭，免得飛灰迷眼，然後，最需要的線索出現了。

隔壁的貨架板子上有數道手指頭摸索而劃出的痕跡，就像有人用指頭在沙子上畫畫般清晰。

於是我連忙移身過去，並小心避開排列架上的雕塑，費了千辛萬苦才抵達該處。

「在哪裡呢？」目光搜索了一會兒。「有了！」一個爬滿螞蟻的巨大眼珠的瞳孔的雕像特別的髒，宛若有人摸了上千回般。

我按了下去，牆壁靜靜地開啓了，我爬下貨架，閃身而入。

一片紅色的狹窄世界撞入眼中，所有該是白色或是淺色的地方都是紅色的，彷彿戴上了紅色賽璐璐片眼鏡。

「原來是暗房啊……」在學校上攝影課時，攝影老師曾帶我們去暗房教手沖相片，所以這景象對我來說不陌生，甚至我也知道靠右側牆面排列的三盆透明液體分別是顯影劑、停止液和定影液。

眼睛好不容易適應暗房那令人不舒服的色調後，我開始一一瀏覽吊掛在繩子上的黑白照片。才看到第一張我便嚇的全身僵硬，無法繼續動作。

那是一名在大街上抽菸的成年男子，他的姿態放鬆，表情閒適中帶著疲憊，唯有銳利的眼神透露出些許眞性情。

「警探先生？」

難以自持的循照看下去，我發現了很多張警探先生，有他正在打哈欠的、有他吃便當的照片、有他和頭一天抵達這裡時，一同工作的攝影團體的人，在咖啡廳談話時的照片等等，依照背景看來都是在城市裡拍的，其餘的則是在看起來像是鄉下小鎮拍的，但或許是受限於拍攝者本身的顧慮，這幾張在小鎮拍的照片視角特別的狹隘，都是在建築物或物品中的縫隙間拍的，看起來很像是……

「偷拍？」我按著越發鼓譟的胸口。「表姊爲什麼要偷拍警探先生？」

緊接著，我發現一張照片的前景爲一瓶深色飲料瓶，一個身穿花布衣服的人擋住了大半的鏡頭，此爲中景，而照片右手邊的其餘三分之一處，則是一名男子站在店前，手拿冊子，和某人攀談的畫面。

「這個人是……」我取下照片，試圖看得更清楚些，但那人太遠了，表姊沒有對好焦距，除非是認識的人，否則我只能看出他應該不是警探先生，身形不像，這人更壯碩，手臂的線條和摔角選手似的充滿肌肉奮起美感，警探先生的身材是精實型的，並且這人沒有警探先生那麼高。

於是我開始尋找其他線索，意外在深色飲料瓶的瓶身，看到三個因瓶身傾斜而糊掉的字。

「郎……咖啡？」

靈光乍現。

「檳榔咖啡！」

一想通，所有思緒也因而暢通。

「原來是在檳榔村的雜貨店前拍的啊……」恍然大悟的同時，一股戰慄隨之湧出，全身抖的我頭皮發麻，照片也跟著晃啊晃的。

「所以，這個人是……警探先生的搭檔，鑾牛先生嗎？」想到警探先生爲了這位搭檔辭了工作，開設便利屋，好不容易搭上模特兒這條線，只爲了一探表姊家……難不成這些過程表姊都知道？否則她爲何要偷拍警探先生？

該不會我與警探先生合作的事情表姊也知道？

思及此，我匆匆將鑾牛先生的照片收進外套口袋後，又開始循照看下去，不多時便看見「我」出現在照片中。

在房中瘋狂畫畫的我、在廚房吃微波咖哩飯的我、在阿勃勒樹下與警探先生交談的我，最後是……站在豌豆池棧道上丟石膏碎片的我。

一股聲音在我體內大聲尖叫，她要我快跑，快離開這個詭異的豆腐屋，不要再探究下去了，已經找到鑾牛先生的失蹤和表姊有關的證據了，警探先生靠這張照片便能請以前的同僚來表姊家搜索了，可以了，夠了！

否則，要是被表姊發現我闖了進來，發現這天大的祕密，我的下場只會有一個……那就是與那些石膏像碎片一同沉入深深水底。

這太可怕了，我不想就這樣死掉，我還想畫畫，我還有好多畫想畫。

母親也只剩下我了啊！

這個想法令我終於在一塊阻隔光源的塑膠布幕後停下。

「梅靜顏，妳還要多卑鄙？」用力抓握著拳頭，直到指甲深深插入掌腹才覺得舒坦許多。「這種時候才想起媽媽是不是太卑劣了？」

要是在此退卻，等出去後，自己還有臉和警探先生往來嗎？

更何況……「說不定蠻牛先生就在裡面，等著自己搭救。」

是的，我和警探先生都覺得蠻牛先生應該是被表姊監禁起來了。

可能是因爲他發現了表姊不想被人發現的疑點，又或是其他，我們不知道，但既然警探先生如此懷疑，我相信他。

於是，我深吸口氣，掀開布幕，打開藏在布幕後的門，就這樣踏了進去。

突如其來的白光讓我忍不住伸手遮擋，眨了許多下才恢復正常視力，朦朧的輪況也因而漸漸清晰。

這是一間很小的房間，但布置得非常雅緻，象牙白的牆壁上貼有竹林的壁貼，光從開鑿成天井的彩繪玻璃撒下，上面散布著小葉欖仁的落葉，形成了形狀詭異的陰影，寬敞的雙人床的旁邊是電腦桌，另一頭則是放有飲水和水果盤的靠牆矮几，牆上貼了一張阿勃勒的水彩畫。

和充滿機能性的廚房，以及僅用於拍照的攝影棚不同，感覺表姊似乎把所有布置的心力都投注在這間斗室內。

然後，我的視線很快便定睛在正坐靠在床上，身穿亞麻襯衫，胸口以下都讓涼被覆蓋，與我面對面的清麗人兒面容上。

警探先生錯了，不是蠻牛先生。

「林和翰？」

他給我一股夢中人從裊裊霧裡朝自己走來的飄渺感。

完美的五官已不似十年前的照片那麼英挺，本人眉目間的憂鬱更深、更憔悴、更蒼白，但這卻讓他的麗色更添三分，宛若被天神責罰，打至人間的天使般，因至此再也不能回到天宮，而終身鬱鬱寡歡。

「靜顏表妹，妳好，現在才頭一次和妳打招呼，還請見諒。」他的菱唇揚起美麗的弧度，吐露出清澈如水泉但略帶瘖啞的聲音，漂亮的黑瞳中帶了些許歉疚，我覺得我就要醉死在他的目光中了。

怎麼會有這麼清俊憂鬱令人心折的男子存活於世？

他該活在畫中、照片中、母親大愛的蝴蝶的小說中，甚至是父親早年收藏的王家衛電影中都好，就是不該活在這汙穢且充滿意外和算計的人世間，這對他來說太危險了。

不，我不能畫他，我絕對無法成功地將他的神色描繪出來，母親尚且可以，我遠遠不行。

「你……你爲什麼會在這？你、你不是失蹤了嗎？」

他淒楚一笑。「說來話長。快走吧，妳實夏表姊就快進來了。」

我這才注意到他似乎有些怪怪的，卻又說不出來是哪裡奇怪，直到一只放在角落器具撞入我的眼中，我才想起來。

「輪椅……你是不是沒辦法離開？我來幫你吧。」兩大兩小的車轍不就是輪椅嗎？

他搖搖頭，長如瀑布般的髮絲隨之搖晃。

「我可以的，一起走吧，你不能待在這裡，表姊她……」

「妳出去後再幫我求救，我這樣子……」他淒楚的苦笑。「只會拖累妳。」

「可是、可是……」我知道他說的對，卻無法同意，將這麼一個麗人拋在邪惡的表姊家中，是人都無法同意。

就在這時，房外傳來東西掉落的聲音。

「實夏又撞到東西了。」他無奈中帶點寵溺的嘆了口氣。「妳快走吧，碰上她就不好了。」

「可是……」

「從廁所出去。」他用下巴指向他的左側，也就是我正面面對的牆壁，偏向右側的一扇門，看樣子他的床後面還有另一個房間。「等到妳聽見我說「我快到了」，再按下牆上的紅色按鈕，妳就能出去了。記得，在此之前不要按，打開的聲音有點響。」

「可是……打開什麼？」

門外的腳步聲越來越近。

「沒時間猶豫了，快。」

知道林和翰說的對，我一咬牙，依照他方才的吩咐跑向那間廁所。

「別偷看。」

林和翰突然的吩咐令我腳步一滯，門外的腳步聲更近了，甚至還能聽見沉重的布幕掀起來的聲音。

糟糕，表姊就要進來了。

感覺最近運動不足的份都在今天一口氣補回的我，總算撲到廁所門前，卻意外的發現沒有門把。

「用推的。」他悄聲，我連忙應聲動作，這才整個人閃了進去。

就在我自以爲成功躲入之際，林和翰的聲音又響起。

「門在動。」這回有點急促。

是了，推門若沒有外力停止，都得前後晃個數回才靜止，於是我趕緊伸手停止門的動靜。

「翰，你今天怎麼這麼早就坐在床上了？」

千鈞一髮之際，剛按住門的同時，表姊的聲音響起。

我立刻屏息，悄悄倚門傾聽。

「餓了。」他的聲線清脆中帶點沙啞，餘韻繚繞，使聽者欲罷不能。

「剛剛不是才吃過？」說歸說，表姊的聲音卻不似平日與我對話般冷淡，而是帶著嬌嗔和佯怒。

那是單單對心愛的人才會吐露的話語。

每次母親畫畫到忘記吃飯，父親生氣了，她也是用這招對付父親呢！

思及此，過度緊張的心跳頓時涼了大半。

是啊，我在想什麼呢？

這一切都是交易，都是利益交換。

於是，我勉強定了定心神，開始環顧這間廁所。

或許是因爲要讓輪椅進出之故，這間廁所比起豆腐屋的另外兩間都還要大上許多，地上鋪的不是磁磚而是防滑墊，角落有一只尿桶，一旁有浴缸，裡面也鋪了防滑墊，兩旁設有扶手，採光依舊是由玻璃天井引進。

表姊很聰明啊！

如果窗戶設在屋側，旁人一經過就能看到林和翰了，不裝窗戶對她這位非法監禁的他人來說，才是最最安全的。但她又深愛林和翰至此，肯定會希望給他最大的舒適感——看他的房間就知道了——所以才請人打天井吧。

但是……爲什麼表姊要監禁她的情人呢？

如果兩人只是交往的話，林和翰就不是失蹤，而是和表姊到豆腐屋同居了，但是，爲何林和翰最後的消息卻是失蹤？

是因爲……表姊想要獨佔林和翰？不想讓他繼續拍照？如果是這樣的話，兩個人好好談談即可，根本不用像把人關在籠子似的，把他囚在這裡啊。

還是……林和翰想跟表姊分手，表姊不願意，所以就狠下心監禁他？

以前的林和翰本來就腿有問題嗎？

這時，我注意到一條繩子從對開的窗戶中垂下，試著伸手拉扯，繪有展翅蝴蝶的玻璃緩緩朝上開啓，再鬆手，玻璃窗便無聲關閉。

一片落葉也隨之飄下，觸地無聲。

「難不成……表姊正是從這個窗戶爬到頂樓，然後垂下兔子和石膏碎片嚇我嗎？」

再回想表姊闖入房間後的神情，實在不像說謊。

「是林和翰？」

腦中閃過輪椅的畫面。

「怎麼可能。」我爲自己過度的疑神疑鬼而失笑。

我越觀察這間浴室，越覺得有那裡怪怪的，思考了半天才想到，這裡沒有馬桶。但卻有空出設置馬桶的位置，只是那裏什麼都沒有，僅看得見些許車轍進出的痕跡。

而紅色按鈕就在與這塊空位連結的牆壁上。

仔細細看，還能在這面牆上看見一道狀似門，正巧框住紅色按鈕的長方形裂縫。

然後，我注意到洗臉台上方的置物櫃沒有關好，一本薄薄的書從裏頭露出一角。

心中一股騷動催促著我上前，於是我便隨從本能地拉開了拉門，發現裡面各有兩疊紙製品，一疊是顏色泛黃，看樣子年歲久遠的雜誌，一疊是用塑膠套包住的相簿。

鬼使神差之下，我選擇先拿取雜誌。

一本本看過去後，我發現這些雜誌有四個共通點：一是十年前發行的雜誌、二是報導演藝圈八卦和社會亂象的娛樂性雜誌、三是……標題皆爲《知名攝影師同胞妹妹自殺阻情緣》，儘管字句有些許不同，但大意相同。

而最後一個共通點則是……雜誌封面皆爲表姊和林和翰的合照，右下角則是已類似子母畫面般貼上了另一張照片。

「實秋和實夏表姊是雙胞胎？」我駭然想起單志一老師似乎曾提到過。

坐在馬桶上，我猶豫著要不要在這裡翻開雜誌閱讀內文，但又想到表姊隨時有可能會進來……於是心一狠，火速翻閱手上雜誌，將報導篇幅最多的那本取出後，其餘都放回了置物櫃。

「梅靜顏，不要急，不要弄錯了輕重緩急，現在最重要的是趕快離開，在這之後要怎麼看都可以，網路上應當也會有資料，不要急。」我對自己一聲又一聲的告誡著。

就在此時，某個疑問不識時務的浮現腦海。

「對了，剛剛……林和翰是叫表姊「實夏」嗎？」

我無法確定，因爲方才的我實在是太驚慌也太焦急了，弄混實秋和實夏也是有可能的，但……也有可能沒弄錯。

靈光乍現的瞬間，一個恐怖的推測在我腦中鼓譟了起來。

躊躇再三，我又躡手躡腳地走向廁所門，側耳傾聽。

「翰……你今天，怎麼……啊，嗯——」這時，表姊的聲音不僅一點都不清冷，變得異常嬌媚，甚至還喘息連連。

在我意識到外面正在發生什麼之前，臉頰便燥熱了起來。

林和翰沒有說話，只能聽見他的吐息變得低沉粗重。

「我知、知道了，是不是……嗯——這幾天，表——妹來了，我們都沒做……唔。」

表姊的聲音被一陣唇齒相交的聲音給截斷。

我覺得身體也跟著熱了起來，心頭癢癢的。

難怪剛才林和翰會要我「別偷看」。

想到方才推測到的疑點，儘管羞到了極點，我仍鼓起勇氣，小心翼翼地推開了一點點縫隙，就這樣朝外偷覷。

只見表姊整個人跨在林和翰腰上不停起伏，天井的光線撒在她赤裸的肌膚上，渲染成潤澤光滑的光澤，短髮的髮梢汗珠點點，隨著她的動作飛濺，與我有幾分相似的面容浮現兩抹紅暈，顯得整個人都活起來似的，眼神迷醉，動情至極，像是已被濃濃情欲給攪的分不清東西南北。

由於視角之故，躺在床上的林和翰的上半身，被床旁的櫃子和牆壁給遮掩了大半，但仍能看得見他的下半身正在奮力的動作著，但幅度不高，使得原本覆蓋其上的薄毯一寸寸滑下，露出他纖細的小腿，沒有萎縮，只是瘦得像鳥腳。

然後……我看見了。

他沒有腳趾，只剩下一半的腳板和腳踝，像是有人硬生生從腳掌中間的砍斷了似的。

這就是他需要坐輪椅的原因嗎？

這就是他沒有逃走或離開，不得不被表姊監禁的原因嗎？

「翰，叫我的名字。」

「夏……」他粗喘著，彷彿在極大的歡愉中忍受極大的痛苦，歡暢又備受折磨。

「大聲點。」表姊咬著唇，腰若水蛇。

我覺得我快被這旖旎的氛圍給薰醉了。

林和翰真的叫表姊「實夏」？這到底是怎麼一回事？

「夏──我快、快到了。」

「等等，我們……一起。」表姊情動的抓起林和翰的手，按在自己的胸口上。

那手，四指的前端都禿了，僅存指根和倖存的大拇指。

他的手怎麼和腳一樣都……

「我、我快到了。」

林和翰的聲音將我從巨大的震懾中喚醒，我連忙退回廁所，顫抖著按向紅色按鈕，滿腦子的思緒混亂不已，毫無頭緒，我想釐清這一切，卻又因身處險境而不得不壓抑著。

門外的動靜越來越大，我知道時機就快到了，攢在雜誌上的手也因而收緊。

然後，像是等了許久，又像僅只有數秒，暢快的低呼響起，我深怕自己錯過而猛按按鈕，指尖差點因而扭到，留給馬桶的空位發出咖咖的聲響，瞬間一道半圓形的隙縫隨之出現，框住紅色按鈕的門型裂縫也因而大開，然後半圓形地板便帶著牆壁徐徐旋轉。

我注視著因牆壁翻轉而露出的牆後空隙，發現這座牆的後面居然是馬桶，但可能是因爲對面的房間並沒有開燈，故此看不到其餘細節。

「難怪這這裡沒有馬桶……」

爲什麼表姊要如此大費周章地設置這種機關？

知道現在的情況不適合細想，我趁空隙移至最大時跳了過去，蹲在半圓形空位上，任憑這個機關帶自己轉了半圈，來到另外一間黑暗的小房間後，我跳下，馬桶轉了回來，牆壁無聲接合，徒留我一人在黑暗中。

粗重的喘息聲遮掩了一切。

將踏在碎石路上的腳步聲、林濤聲、夏夜時的昆蟲大合唱、遠方不知名聲出的鳥叫啁啾，甚至連鼓譟的心跳聲都被掩蓋住了。

但只有一樣聲音擋不住，那就是我滿腦子亂竄的思緒。

想到方才遭遇的一切，想到自己是怎麼進入密室，逃入廁所，又從另外一個廁所逃出，抄起丟在窗外的背包，所以現在才在這條豆腐屋唯一一條通往村上的路上逃跑，我便覺得這一切應當都是一場夢。

口好渴，腿好痠，我不敢停下。

要是被表姊追上來就慘了。

得逃，一定要逃出去。

突然間，夜空白光大閃，褪去的瞬間，雷聲大作。

「啊！」

我嚇的一個踉促，就這樣摔倒，照明用的手機因而摔出去，直到撞在一條凸出路面的樹根才停下，螢幕的手電筒光朝上大放。

連忙朝後看，小徑上空無一物，僅有漸漸瀰漫的霧氣，席捲著豆腐屋的詭異氛圍般緩緩蔓延而至。

我好害怕。

「快站起來。」我催促自己。

忽然，一個捲翹的豔黃鬍鬚，輕輕擦過我的鼻尖，而後落地。

抬頭仰望，迎面襲來的是多如葡萄串般的金黃風鈴。

在這吞滅一切令我著迷不已的夏季色彩，萬物都只有濛濛的灰敗輪廓的深夜小徑上，唯有這棵阿勃勒，依舊生氣勃發。

是那棵檳榔村村民忌憚的阿勃勒。

手腳並用的爬起身，我慌亂的剝開滿地黃色落花，並仔細檢查手機。

「可不要摔壞了啊。」

這是我唯一的聯外道具……不對，還有警探先生給我的行車紀錄器！舉起手機照向胸口，紙蝴蝶早不知飛到哪去了，所幸紀錄器還在。

小心翼翼的將記錄器收入背包，我站起身，繼續朝外跑。

都是表姊把WI-FI設密碼的關係，否則當警探先生看見影像時，應該會火速聯繫我才是。

腦中浮現那天在天鵝大廈看到的警探先生，他好像很累，很多天都沒好好休息似的。

我也好累。

也好想大睡一場。

更想……回家。

可是，家在哪裡？

父親不在了，母親失控發狂了，我的家，在哪裡？

雷聲越來越大，一道道當頭劈下的閃電像是在催促我加快腳步似的，等我總算找到遮蔽物躲藏時，已經來到村中唯一的公車站牌下，旁邊的大榕樹下有當地村民納涼時的椅子，我氣喘吁吁的入座，背包隨手一放，整個人攤了下來，覺得全身都要虛脫了。

天已濛濛的亮了，不需要手機照明也能看得見些許輪廓。

看了一下公車的時間，要等上一個多小時，想來表姊就算追上來應該也不會在大庭廣眾之下對我做什麼，撥了通電話給警探先生，但他沒有接，可能在睡吧，於是我決定就在這裡把雜誌看一看，等天亮一點再打給警探先生。

從背包拿出雜誌，我這才注意到封面上的還有個副標題。

「《被詛咒的魔女血脈》……什麼意思？」大伯父和表姊也曾說過類似的話。

不好的預感頓生，催促我趕快翻到該頁。

尊貴的藝術家血脈，實則是被詛咒的魔女血脈？

據本周刊明查暗訪，三月時震驚全島的《女攝影師三角戀自殺案》中的自殺者及其胞姊，乃是早期享譽文壇的魔女作家的第三代。

該作家因其華麗黑暗的書寫風格，被書迷稱之為「魔女」，一生過得轟轟烈烈，異性緣非常好，嫁給德國教授後依舊追求者不斷。

據悉，該魔女作家為了刺激創作靈感，時不時與看對眼的男子外遇，仰慕妻子的才華而忍耐戴綠帽的丈夫，最後忍無可忍，殺了魔女作家後再自殺，此案在民風淳樸的當年，很是轟動。擁有發行權的出版商因而大發利市，也使得魔女作家的兩位遺女，可以無後顧之憂地走上藝術家的路。

而其中一為遺女，正是三角情自殺案中自殺者及其胞姊的母親，同時，她也是享譽國際的鋼琴師。

原來外婆是這樣的一個人啊……

我的目光移到雜誌左頁的黑白照片。

那是一張母親與兩位女兒在傳統照相館拍的合照。

身穿旗袍的祖母站在椅子後，兩位明眸皓齒，輪廓像極外國人的漂亮女兒，則是坐在無靠背的椅子上，一左一右，巧笑倩兮的看著鏡頭。

我認出坐在右側的是母親。另外一位應該就是表姊的母親，也就是我的姨媽。

「外婆？」這是我第一次看見除了母親和父親那一邊以外的親戚。

母親很少說她家裡的事情，我們都說畫和父親居多。

《無父母可靠，姊妹相依》

副標題又出現了。

當一位國際知名鋼琴家的母親的女兒是一件很辛苦的事情。

周刊用著自以爲是的腔調這麼寫著。

根據鋼琴家聘僱的奶媽說，女攝影師小時候就沒什麼人照顧，母親旅外巡演，身為經紀人的父親也一同與母親巡迴世界。葉實秋從小便表現出超乎一般小孩的藝術天賦，她從小便將母親從國外帶來的萊卡相機當玩具玩，她和雙胞胎妹妹，也就是自殺案中的自殺者一起互拍。

「這兩個調皮鬼什麼都拍。」奶媽說：「我在做菜她們也跑來拍。趕她們出去廚房，一個笑嘻嘻地把我罵人的模樣給拍下來，另一個則是趁機繞過我，拍我切好的蔥薑蒜，唉唷，這些有什麼好拍的，結果，拍蔥薑蒜的實秋成了知名攝影師，拍罵人的實夏……走上她媽媽的後塵。」

《情殺世家？魔女世家？》

或許真的有魔女的詛咒；葉實秋的母親知名鋼琴家林采月，在葉實秋念高中時，於國外一場戶外音樂會時被疑似情人的瘋狂琴迷刺殺，父親則是在阻止時被誤傷，送醫不治，刺殺兩者的犯人因精神耗弱，被法庭宣判入住精神病院。

此案當年在國內外皆引起軒然大波，各地捐款不斷，甚至還引起歹徒綁架，不知幸或不幸，被綁走的乃是後來當著親姐姐的面自殺的葉實夏，三日後由警察在交付贖款時被救出。葉實夏的朋友指出，被綁架後的葉實夏整個人性情大變，以往只愛黏著姊姊的她，開始接受男孩子的邀約，到處約會，處處留情。

外表姣好年輕貌美的她，和母親及外婆同樣地追求者不斷，再加上她的個性和冷淡疏離的姊姊葉實秋剛好相反，活潑好動又愛玩，較受男性歡迎。於是，遭逢意外的她，就在這個命運的轉捩點上，踏上了和母親及其外婆同樣的路。

在此同時，葉實秋卻踏上了另外一條路。

她遇上了讓她一舉成名並雙雙竄紅的絕世美男子——林和翰。

我專心細瞧著雜誌內頁的另外一張照片，那是一男被兩位長得一模一樣，但氣質迥異的女子，左右環繞的褪色彩照。

「原來實秋表姊和實夏表姊眞的是雙胞胎。」我低喃著。

或許是因爲時間久遠的緣故，照片有種類似LOMO濾鏡的色澤。三人都打扮得很復古，但不掩藏其得天獨厚的美麗。

眾星拱月般居中而站的林和翰非常年輕，英姿煥發，笑瞇的眼睫毛長如扇，在他完美的面容上留下淡淡的羽狀影子。

他的手一左一右地搭在實秋和實夏表姊的肩上，彷彿是兩人的大哥哥般，肢體語言傳達出關懷和保護的意味。

照片中被標明爲實秋的女子，頭髮短俏，笑得很淺，身穿簡單的白襯衫和牛仔褲，看得出來她的個性比較文靜，不過，天生麗質的她僅是稍稍勾唇，便像是突然舒捲花苞的嫩蕊般，透出了些許馨香，唯有細心的人才得以察覺其芬芳。

被標明爲實夏的女子比較愛打扮，頭髮是當年很流行的羽毛剪，衣服也是走日系雜誌那一派的，她小鳥依人地依偎在林和翰的左胸，笑得一臉燦爛，宛若旭日高照。但其綠金色的雙瞳眼角，卻略略偏向實秋表姊，像是在忌憚些什麼，又彷彿在示威似的。

《兩女戀一男，妒忌生殺意》

根據葉實秋與葉實夏共同的朋友說，葉實秋當時一認識海外歸來的林和翰，很快便與他陷入熱戀，兩人出雙入對，宛若一對璧人，當時羨煞了不少人，也就是在這時，葉實夏或許是因為生厭了，放掉了那些陪她吃喝玩樂的男人，跑回去黏姐姐，也因而認識了林和翰。

或許是因為雙胞胎的基因作祟，又或是魔女血脈的詛咒，葉實夏也愛上林和翰。

「一開始實夏只是常出現在實秋和和翰約會的冰菓室。」友人說。「可是漸漸地，就連兩人在別墅度假時，她也會找藉口跑來。實秋那時曾困擾的和我商量過，她很愛她妹妹，從小姊代母職的她不忍心拒絕，所以總心軟的接待她。」本周刊記者問：「葉實秋知道她妹妹對林和翰有意嗎？」友人說：「當然知道，明眼人都看得出來，實夏陷得很快，實秋注意到事態嚴重時，已經來不及了。」本周刊記者問：「發生了什麼事情？」友人答道：「其實，在實夏自殺之前，她曾攻擊實秋數次。」

我猛地一凜，總覺得某個念頭隱隱約約就要浮現，卻捕捉不到。

「一次是實秋逮到她偷穿林和翰送她的洋裝，實夏懶得塘塞，說了些難聽話，還惱羞的拿起化妝桌上的梳子柄撮刺實秋，所幸梳子柄雖然很長，但不銳利，實秋只受了點小傷。還有一次是實秋和林和翰在別墅的游泳池接吻後，林和翰上岸去廁所，實秋泡在池子裡，腳突然被扯了一下，後來實夏便隨著氣泡浮出水面……實秋和我說的時候聲音之顫抖的，我不曾看她如此害怕過。所以，後來實夏自殺的事情發生後，我們都很意外。」

本周刊記者追問原因，友人說：「因為我們那時都以為死的會是實秋。」

靈光乍現的瞬間，我總算捕捉到方才自腦中一閃而逝的念頭。

單志一老師曾說：「難怪實秋這次復出說想要開一場紀念妹妹的展覽，邀我一拍幾張照，還說想改名叫實夏……」該不會……真的被這本週刊的記者給猜中了？

然後我又想起警探先生也說他的搭檔曾誤信周刊的報導，所以……蠻牛先生該不會正是因爲查明了這個疑點，才會失蹤？

《奪愛不成，以死相逼？》

葉實秋因將拍攝林和翰的照片寄去參加比賽而一夕成名，林和翰也因而成為模特兒，獲得許多邀約，兩人的生活圈漸漸與葉實夏分開，但葉實夏仍不死心，據本周刊記者探查，她曾數次以實秋妹妹的名義，要求進入攝影棚或出版社大樓。

一開始葉實秋都示意警衛放行，但實夏仍頻頻做出傷害葉實秋的事情，最後，不得不下令禁止葉實夏入內，得知此情況的葉實夏利用長得和葉實秋一模一樣的外表，刻意把頭髮剪斷，改換衣服，想要闖關成功，所幸警衛早被告知還要有識別卡才能進入，才沒讓葉實夏得逞。

或許是因為愛過了頭，變成了恨，又或許是因為無法見到林和翰的折磨令她發狂，最後，葉實夏誘惑了出版社的一名男職員，趁某次葉實秋深夜給林和翰拍雜誌用稿時，偷偷自後門闖入，在兩人面前，以愛為名詛咒兩人，並自縊身亡。

《魔女血脈的詛咒》

擁有過人天分的魔女作者，遺傳下來的血脈，使得她的後代一個比一個出色，卻也一個個邁上同樣的道路。

無論是情殺還是自殺，都因愛而起，因愛結束卿卿性命。

或許，在我們羨慕其天分的同時，也該慶幸我們是多麼的普通，無需如此轟轟烈烈的愛，也能享受愛情，並因愛情成長，而不是自我毀滅。

而本周刊記者最為懷疑的是，此案發生後，林和翰這位絕世美男子居然於葉實夏出殯當日失蹤。他並非和因喪妹而無法繼續拍照的情人葉實秋，一同遠走天涯，或隱居療傷，而是失蹤？

這不禁令人懷疑，難不成林和翰也中了魔女血脈的詛咒？

又或是這段詛咒，早在魔女的後代動情之際便發動了？

還有，為何死的是不斷相逼的葉實夏，而非一直默默隱忍的葉實秋？雙胞胎的DNA及外貌幾乎如出一轍，警方如何分辨兩女？死的真的是實夏而非實秋？

只盼警調單位能早日給社會大眾一個心服口服的答案了。

不知不覺間，天已大亮，村內唯一的聯外道路上變得異常熱鬧，來來往往的人們驅散了夜的深與沉，生機勃勃地展開新的一天。

唯有坐在此處的我，如入深淵般覺得遍體生寒。

看完這本週刊的深入報導後，我覺得一切的疑問都獲得了解答。

包括在豆腐屋遇到的一切奇怪的事情、包括表姊的詭異舉止，甚至還包括了……母親的發狂，原來都有跡可循。

「難怪……大伯父和表姊會說我們是魔女。」

是因爲我們的血肉裡有著外婆那異於常人的血緣，所以……母親知道父親有外遇後，不是選擇好好談，而是在高速行駛的車內和父親爭吵，甚至還不顧她與我們的性命，失控的扭轉方向盤？

直到這時，我才發現內心深處的某個自己，一直在生母親的氣。

母親平常明明是個開朗又才華洋溢的女人，卻在得知父親外遇後，居然這麼不理性，我眞的很生氣；儘管我也明白這種事情沒人可以理性以待——我曾看過班上女同學因爲同班的戀人劈腿而失控的景象——但車上還有我啊，還有我這個女兒啊！

我也很氣她醒來後居然一副什麼都不記得的模樣，明明是她把父親害死，也害我淪落現在窘境……卻想用精神失常來逃避一切？

「這太卑鄙了！」我咒罵著。

所以我不願意去看她，深怕這恨會越來越加深，深怕不得不想明這背後扭曲複雜的緣由。

所以我逃進畫裡，但發狂的母親連這點都奪去了。

只因我是她的孩子，她就可以予取予求？

我更恨了。

同時，一股恐懼感也緊緊抓擄著我，因爲我也是個卑鄙自私的人，就像現在的母親一樣，也像……表姊一樣。

我們同樣都是因爲愛「美」，而走上了創作「美」的道路。

被「美」給吸引是我們的宿命。

無論是美麗的文字、美麗的音符、美麗的大自然、美麗的萬物，又或是在其中誕生的美麗人兒，以及……因其而引發的美麗的戀情。

我也是，被其深深吸引了。

無法逃也不想逃。

宛若飛蛾撲火，是因爲火太美、太誘人。

如同愛情總令人情不自禁。

魔女的血緣詛咒的不是被魔女吸引而殺人的人，而是魔女自己。

我，也是魔女——魔女之後。

第七章　自私無私都是愛

憤怒，漸漸淹沒理智。

我好想問媽是不是早就知道魔女世家這個詛咒？是不是因爲如此，她才很少說她那邊的家族的事情？

等回過神來，我已坐上最早一班的公車，雖然同樣是開往警探先生的事務所的車，但我的目的地已經不是那裏了。

是的，我已經不覺得警探先生前一晚說的計畫有多重要了。

現在，我想先去醫院問母親所謂的「魔女世家」到底是怎麼一回事，然後再去和警探先生說昨晚的發現。

母親還要裝瘋賣傻多久？

我的血液裡也流著如此瘋狂的基因嗎？

若有朝一日，愛情萌發了，我也會步上母輩的後塵嗎？

表姊在男人的身上妖嬈款擺的姿態，飛濺的汗珠，林和翰的低吼，像是永不散去的回音般頻頻於腦海浮現。我用力甩甩頭。

我也曾看過父母親暱的模樣，但不曾……如此直接且正面的看見男女交媾的畫面。

母親和所有的母輩都做過類似的事情吧？

我也是在這樣的舉動中誕生的吧？

然後……同樣的血脈孕育了我。

一想到雜誌中寫的那些因愛發狂的事跡，我便怕的直發抖，偏偏又覺得興奮，感覺自己好像一分兩半，一半的自己對這魔女血緣感到深深的不潔而噁心，一半的自己則是因著血緣印證自己果然與眾不同而暗自竊喜。

彷彿我不再是我，急遽的轉變正在裡面旋轉、衝撞並結合成一個不知道該期待，還是害怕的新我。

難怪畫畫興消失了。

畫畫是投射內心的風景。

但心裡只剩下混亂的風暴。

我已自顧不暇。

醫院還是那麼冷，溫度冷，氛圍更冷。

明明到處都是人，偏偏每個都好像行屍走肉，彷彿不這麼做，就會被醫院那太過逼在眼前的生死界線給壓垮。

我在別人的眼中也是這副懨懨的模樣嗎？

好討厭啊……

因爲不想碰上大伯父，或是和大伯父有關的任何人，我特地選擇走樓梯，或許是巧合、或許是上天的安排，一名護士正在樓梯間講手機，有點高亢但刻意壓低的聲線從頭頂傳下。

「……就是啊！聽說好像是丈夫的哥哥吧。每天都來，是晚上。對，很仔細地問看護今天做了哪些檢查，畫家的反應如何？醫師有沒有特別交代什麼……女兒？好像只有來看過一次吧……沒多久就跑掉了呢！那時我還和我的同事說現在的年輕人眞的很不孝，母親重傷住院好不容易清醒，來了不好好陪母親，卻只顧著和大人吵架，這小孩子的教育眞的不能等啊！」

我不自覺地停下腳步，屏息靜聽。

「……欸，就是啊！不會──剛好有一筆急用，平常我是不做這種事情的你知道吧？是、是，今天就會匯進來了？好，我會去提款機查，確定都對了再通知你。」護士突然一頓。「可別把我寫進去，雖然是血汗護士，但你知道現在工作有多難找……好了，我要忙了。」

護士就這樣掛了電話。

咖的一聲，逃生門開啓，腳步聲遠離，我緩緩吐出一口氣，隨即再深深吸入一口氣，憋住，拔腿狂奔，直到抵達母親所在的樓層，小心翼翼地開了道縫朝外偷看，確定無人注意此處時才推開逃生門，踏入漸漸人聲鼎沸的住院樓層。

「快點，要聽早報了。」一名看起來頗年輕的護士，和另外一位匆匆跑過來的護士招手，她們一前一後的小跑至某個方向，與我擦身而過。

我看了一眼櫃台內正奮筆疾書的護士，壓低身子，就這樣溜了進去，順利抵達母親住的單人病房。

不知爲何，當我站在這扇門前，因憤怒而提起的莽撞勇氣，忽然瞬間消失。

方才在樓梯間聽到的閒言令我止步。

那個護士說的小孩子就是我吧？

想到自己的不孝、想到大伯父殷勤的令人浮想連翩的舉動，想到……母親發狂的姿態，我就好想尖叫。

用力攢了攢掌心。

至終，想把一切趕快結束，好能繼續畫畫，恢復原本平靜生活的慾望大過了一切。

伸出手，我拉開了一道隙縫，探頭細看，大伯父果真在裡面。

而他，正坐在床旁的椅子，兩手握著母親的手，深情款款地凝視母親。

「書畫，我就要去上班了。妳會想我嗎？」

靠在枕頭上的母親仍兩眼呆滯，看著不是這裡又是這裡的彼方。

大伯父絲毫不介意他的話沒有傳到母親的心底，彷彿只要能像現在這樣待在母親身邊就好。

大伯父果然喜歡母親。長久以來的猜測得到證實了。這也是魔女血緣的影響嗎？

一陣雞皮疙瘩爬上我的肌膚。

「書畫，妳醒不醒都沒關係，我會照顧妳一輩子。我一直都愛著妳，妳是知道的吧？妳這個魔女。」他溫柔的撫開散在母親額際的碎髮。「感謝老天，妳總算回到我的懷抱了。」

姨媽在海外巡演時被瘋狂琴迷給刺殺的報導，猛地浮現腦海。

阻擋眞相的迷霧驟然退散，如破開烏雲的日陽般，刺眼地令我忍不住轉開頭。

好狠的心。

父親是你的親生弟弟啊！

大伯父，你怎麼做得出這種事情？

「靜顏妳不用擔心，她雖然只繼承到妳的一點點天分，是個只會畫形無法畫意的小女孩……」

我總覺得大伯父說的「小女孩」，其實是「可憐蟲」。

「……但看在她繼承了妳一部分血脈的份上，我不會虧待她的。等妳的傷好的差不多了，我帶妳去海邊靜養，聽聽濤聲，在沙灘上散步，同賞日沉月起，何等美妙，到時候我不會再逼妳畫不想畫的畫了，隨便妳要做什麼都好，不畫畫也無所謂，我會養妳一輩子。然後，我們要生三個小孩，一個像妳，一個像我……」

聽著大伯父叨叨絮絮他心中的美麗風景，我遍體生寒，整個人像被釘在原的般動彈不得。

愛啊，原來是這麼可怕的東西嗎？

母親亦然、表姊亦然、就連令人討厭的大伯父亦然。

大伯父的手機響起，他從皺巴巴的西裝口袋中取出手機，看到來電者的名字後，他的臉色立刻從溫柔恍惚樣，變爲我所認識的那張市儈刻薄的面容。

「不是要妳別打給我了？現在風聲很緊。」他不悅的低斥。

我聽不見對方說了什麼，但肯定是很糟糕或很麻煩的事情，因爲大伯父的臉色正以肉眼可見的速度一點一點的沉了下去，並越來越陰狠。

「我馬上到《醉妃》。」他威脅道：「安分點。」語畢，他浮躁的扒了扒略捲的髮絲，站起身。

《醉妃》不就是引誘父親外遇的酒店女的工作地方嗎？

大伯父該不會又在密謀什麼？

腳步聲響起，我意識到大伯父就要離開病房了，連忙躲至一旁的轉角，在後面偷覷大伯父踏出房門，快步走向電梯，這才跑進母親的病間。

瞪著像是一只空殼的母親，滿腔的話都變成泡沫。

時間不多了。

最後，我只拋下一句：「媽，爸他……應該沒有外遇，妳可能誤會了。」

母親的神情依舊飄渺，彷彿什麼都不在乎了。

巨大的空虛和寂寞掏抓著我的心。

我不想再看到這樣的母親了。

神啊，車禍已經奪走了我的父親，現在，我連母親都要失去了嗎？

「查明後，我會再來。媽妳……保重。」別給大伯父騙了。這句話我說不出口，因爲什麼都還不確定。

匆匆跑下逃生門，我氣喘吁吁地坐上一台計程車。

張望了一下視線所及的路口，大伯父的車子正在不遠處的街口等紅綠燈。

「請跟著那輛車子。」

計程車司機訝異的看了我一眼，隨即把報紙闔起來，發動車子。

我不曉得從醫院到《醉妃醉酒》到底有多遠，感覺好像一瞬間就到了，又好像等我把所有的事情都努力釐清，但仍搞不清楚全部眞相而感到疲憊後才抵達。

這陣子的時間感很錯亂。

自由且平和的畫畫的日子遠的宛若前世。

一股「再也回不到過去了」的頓悟浮現。

是嗎？這才是眞相嗎？

或許是單單對我而言的眞相吧。

無論如何，都不能因此而停下。

不管大伯父又再計畫什麼，我不會讓他傷害母親的。

父親不在了，就換我保護母親！

目送大伯父匆匆步入熄燈後變得異常普通，但和鄰近的商店相比又華麗的突兀的酒店大門，我請計程車司機停在路邊，付款，下車。

現在該怎麼辦？我焦急地思索著。

「對了，電影裡面的酒店都有後門！」結果是小時候和父親看電影時學到的東西幫了我。

然後我又思索了一會兒當晚在警探先生那看到的側拍影片，畫面一幕幕清晰地浮現腦海。

「後來大伯父的車好像開往酒店的後方……對了，酒店旁邊有一條路！停車場應該就在那，後門說不定也在那。」

知道不能就這樣大剌剌走過去的我，先在附近其他巷子內，綁起頭髮，並從背包拿出遮陽帽和外套稍微僞裝了一下外表，再過馬路，從旁邊的巷子繞至酒店的後方。

一處空曠且劃有白色格子線的空地出現在前方，其後便是那間裝飾華麗的酒店了，一扇對開的華麗大門緊閉著，兩盆姿態如展翅的蝴蝶蘭一左一右的放於門旁。

「這個後門也太顯目了。」

放棄從後門潛入的念頭，四下張望後，我發現酒店旁邊有一條窄巷。

「後門那沒看到垃圾桶，酒店營業到那麼晚才打烊，垃圾來不及倒，放在店內又會薰人……如果是我，垃圾桶應該會放在那。」

越想越覺得自己的推論很合理，抱持著既然來到這裡，就算沒有收穫回去，也該盡力拼到底的心態，我裝作若無其事的模樣，又繞了一圈，從另外一頭走入窄巷。

儘管現在已是白天．但由於兩旁的建築物過高，僅容兩人擦肩而過的窄巷仍偏陰暗，深且長，我走了數十步才清楚看見三只加蓋的藍色塑膠桶，並排於一扇普通的塑膠門旁。

知道自己賭對的我暗自竊喜，正躡手躡腳靠近那扇門之際，冷不防的，肩上突然被拍了一下。

「啊！」我的尖叫被一溫暖的大掌給阻隔了。

熟悉的男子氣息漫入鼻尖。

警探先生？

身後來者悄聲附耳道：「大小姐，妳跑到這來作什麼？」

果然是他。

我不自覺的彎了彎唇角，稍稍一掙，他便放開手。

轉過身，我正想開口說來此的起因，但腦中一回想這短短一夜到現在的所有事情之複雜多變，涵蓋的事情和線索之廣，一時之間，突然不知從何說起。

看穿了我的難處，警探先生很體貼的沒有在這時追問。

他伸出手撫了撫我的左頰，眼神溫柔卻口吐毒言。「妳的黑眼圈越來越深了。」

「唔……」我也瞄了瞄他，鬍渣更多了，成熟堅毅的面容因而變得更爲邋遢不羈。

於是我回答道：「彼此彼此。」

一股莫名的默契和愉悅，在我們中間蔓延，注視警探先生緩緩瞇細的眼，裏頭那因遇見我兒自然浮現的欣喜，不知爲何，我突然好想哭，好想投入眼前這個人的懷抱並泣訴一切。

不行，這太丟臉了也太狡猾了。

「妳跟我出來！」

一陣怒罵從門內傳出，打破我和警探先生之間愉悅的氣氛。

是大伯父！

「去就去。」這個說話的人應該就是小紅了。

「他們要出來了。」警探先生說。

「糟糕！」我說。

我連忙望著巷子的兩頭，巷內除了垃圾桶之外沒有其餘遮蔽物，如果要直接跑出去的話，因爲前後方皆離巷口有一段不算短的距離，選擇這麼做的話，需要冒著可能被看見的風險。

就在我猶豫的同時，警探先生銳利的雙眼閃過一道厲芒。

「抱歉。」他口齒不清的低喃。

「嗯？」

尚未意會到這是什麼意思，警探先生便猛然逼上前來，使我不得不退後直到背靠牆，而他的兩手也以迅雷不及掩耳的速度襲來，先是撩起我耳際的髮，而後包覆著我的耳，再滑至我那逐漸發燙的兩頰，將我的臉包覆並捧了起來。

我看見他的雙眸瞇了起來，其中蘊含的目光湛亮的懾人。

因爲靠的極近，警探先生兩眼眼角的魚尾紋變得清晰可見，甚至還能看見自己的倒影。

「你……」我想問他幹嘛靠這麼近。

「噓。」他低聲，充滿煙味的吐息撲鼻，直到柔軟的觸感和刺刺的鬍渣同時撫上我的唇。

我停止呼吸了。

警探先生沒有到此爲止，他略略側頭，唇畔廝磨的感覺產生一道電流，貫穿我的全身。

他對我做了什麼？

不及想明，警探先生的膝蓋卻插入我的腿間，逼得我不得不兩腿大張，以很尷尬的姿勢任他靠近。

側門啪的大開。

「當初說好……」大伯父的聲音嘎然停止，我想這是因爲他看到我們了。

我只能思考到這。

基本上，我很想給自己拍拍手，在這種情況下還能思考的我很了不起了，眞的！

感覺到銳利的目光掃視過來，頓時，我繃緊了已經夠緊張的身子。

豈料，警探先生居然在此時更用力的用膝蓋頂起我，兩手也順勢將我捧的更高，使我不得不就這樣坐在他的膝蓋上，並因兩腳跟站不到地而將他抓的更緊，他的吐息充溢我的鼻間，唇也更加……喔，天啊！

刺骨的視線總算收回。

我覺得我快不行了。

「妳是……來面試的小姐？」小紅像是誤會了我和警探先生。「為什麼會在這……」她的話被大伯父截斷。

「妳還想不想談？」大伯父往外走了幾步。

「當然要！」

「哼！貪心的女人。」

小紅完全不介意大伯父的嘲諷，踏著高跟鞋篤篤篤的跟了過去。

而我滿腔的亂七八糟想法，也隨之遠遁。

只剩下警探先生。

和他的，唇。

「呼吸。」

乾啞的嗓音將我喚回神，過了數秒，我才注意到警探先生的臉沒有剛剛那麼貼近了，同時也才意識到自己快窒息了，連忙吸吐了幾口氣。

他仍維持剛剛的姿勢，只不過臉正轉過去看向大伯父和小紅離開的方向，也因而我發現了，好像有那裡不太一樣，唇上柔軟微溫的觸感依舊，但警探先生的臉並沒有對著我啊，那我唇上的是什麼？

冷靜的仔細分析便能知道，唇上的感覺比較像「按」……再仔細細看並感覺，我恍悟，而後羞赧。

看穿了我的窘迫，警探先生低笑道：「我沒有吻妳。」他的手放開了。

「我知道……」我只擠得出這三個字。

「我吻的是我的大拇指。」他對我揮了揮兩手。

我的臉更熱了。

「妳認得我的車嗎？」他收了笑。

我點點頭，儘管不懂他爲何突然轉了話題。

「我現在要跟過去……」他指了指小巷的另一頭，也就是大伯父和小紅離開的方向。「妳到車上等我。」他用下巴指往另一個方向。

我又點點頭，並接過他遞來的鑰匙。

「就停在便利商店外，一出去就看得見了。」

他的膝蓋緩緩收了回去，我的腳跟總算重新踏在可靠堅固的大地上，膝蓋有點抖，但還行，沒讓我丟臉。

「好了，去吧。」

我又點點頭，他卻沒動作，我疑惑的看著他。

他有些無奈又好笑的說：「大小姐，妳的手……」

猛地低頭望去，我的手仍緊抓著警探先生的襯衫不放。

「抱歉……」連忙放開。

他拍拍我的頭，隨即轉身，快步地跑了過去。

而我則是按著胸口，深呼吸了幾口氣，確定自己可以了，才軟手軟腳地踏出窄巷，尋到了警探先生的車，笨拙的插了好幾次鑰匙才扭開，並坐了進去。

熟悉的氣息重又將我包圍，一股惱意湧上，我將臉埋入自己的掌心，藉此稍稍逃開一下現實，並告訴自己，那算不上是個吻，雖然觸感非常柔軟，還有鬍渣的刺刺感，可能也有碰到一點邊邊角角，但嚴格說來眞的不能稱之爲吻。

可是我的心是個背叛者，依舊故我的碰碰碰碰，彷彿在說：「不不不不，儘管如此，那的的確確是個吻。」

無意間看見自己在汽車前窗的倒影，才發現我剛剛居然一面想著方才的畫面，一面撫摸自己的唇，好像在回味什麼似的。

我更惱了。

「梅靜顏，妳冷靜點。」

但我做不到，於是我離開了汽車，去便利商店買水順便讓冷氣吹吹全身好降溫，關東煮和茶葉蛋的香氣勾人唾沫，我這才感覺到自己的肚腹一陣空虛，便買了一些食物和飲水才回到車上。

等我將買給警探先生的咖啡放入車中置物架中，並開始給自己剝香蕉時，他總算回來了。

「把安全帶繫好。」

我吞下口中的食物，聽話動作。

他發動車子，單手轉著方向盤便開至車道，隨即我便發現大伯父的車就在前方，和警探先生的車中間隔了一輛車，他是獨自駕車，小紅並沒有在車上。

「說吧。」

我愣了愣。

「大小姐妳沒有打電話通知我一聲便跑來了，肯定是妳表姊那發生了什麼事情。」

我突然不餓了。

或許是感覺到我那奇怪的靜默，警探先生搔了搔臉頰，而後用下巴指了指放在我的膝蓋上的塑膠袋。

「還有吃的嗎？」

「香蕉。」

「……剝一根給我。」

我依言動作，露出果肉後便遞了過去好讓他接過去吃，警探先生隨意瞄了一眼，便低頭一口咬下，我嚇了一跳，差點把香蕉掐斷。

他像是連咬都沒咬便吞了下去，然後喝了一大口咖啡，發出像是嘆息又像是疲累的吐息。

紅燈了，車子停下，他兩手靠在方向盤上，下巴倚了上去的說道：「大小姐妳該不會看到了我搭檔的……」

他沒有說完，但我們都知道他所指爲何。

「不是的！」我連忙辯解。「我是看見了……」一堆事情亂七八糟的像潮水般湧來，我眞的不曉得怎麼解釋，如果能讓警探先生直接看我腦袋中的……啊，對了。

「我有拍下來！」語畢，我連忙翻找背包和口袋，找了一會兒才翻出用行車紀錄器改造的監視器。

「開車沒辦法看。」警探先生指向後座。「妳先把把檔案上傳進去，然後用口述。」他隨著前進的車潮踩下油門。

我乖乖聽令，將筆電拿到膝上，開機，然後拿出USB接線，將監視器藉此連接在筆電上，並胡亂在腦中組織了一下，結結巴巴地從窗外吊下兔子開始說起。

期間，警探先生沒有發問，眉頭越皺越緊，表情也越來越凝重，直到他聽見我說密室內被囚禁的人是林和翰時，他舉掌示意暫停，我停下，他滑開手機撥通電話，我則是趁此時喝了幾口水。

看向窗外，地勢越來越高，街旁的商家漸漸稀少，我覺得附近的風景很眼熟，心中隱隱察覺大伯父的去向爲何。

「小傑，是我。」警探先生將手機放在手機架上，並開啓擴音。

「鯊魚前輩！」警察哥哥開朗的聲音透過手機傳來。

乍聞此綽號的我，驚愕的瞥了警探先生一眼，他沒好氣地翻了翻白眼，一副懶得計較的模樣。我這才明白他爲何能如此大度的接受我給他取的綽號，原來他早就習慣了。

「晚點我會傳一個視頻檔案過去，床上的男子是十年前失蹤的林和翰，他被非法拘禁在十年前一起疑似自殺案的嫌疑犯家中，你憑這個檔案申請搜索令，帶隊拘捕嫌犯，並將林和翰救出。」

儘管早就知道告訴警探先生昨晚的事情，之後的發展的確只會變成這樣，但我的心仍是碰碰碰的跳著。

然後，我想到一件事情，便急忙忙的插話道：「還要叫救護車！」

警探先生無聲地對我挑起劍眉。

「這位是……梅小妹妹？」小傑警官朗笑。「鯊魚前輩有好好照顧妳吧？」

不知爲何，我總覺得他的笑聲有點怪怪的。但我忍不住說道：「警探先生是好人。」

「咳！」他突然清了清嗓子，我注意到他的耳朵紅了，但臉色不太好看。

小傑警官笑得更歡了。

奇怪，我沒說錯啊。

「警探先生眞的是個好人。」我再次強調。

「是是是，我也覺得警探先生是個大好人。」小傑警官隨便敷衍道。

「好了！廢話那麼多，還不趕快去辦。」

「鯊魚前輩，你……哀，好，我知道了。那蠻牛前輩……有線索嗎？」小傑知道若警探先生找到搭檔了，肯定也會一併告知，他沒提便表示還沒有找到人……或屍，所以才問「線索」。

「無可奉告。」警探先生掛斷電話，然後趁紅燈時將筆電中的檔案，利用無線網路發了出去。

他動作流利地做完這些事情後，像是把時間掐得剛剛好似的，綠燈亮了，他隨手將筆電放回後座，車子前進，他也說道：「繼續。」

「唔……然後我就逃出去了。」

警探先生又對我挑起了劍眉，我就知道瞞不過他，於是只好把把屋內的翻雲覆雨草草帶過，只細細描述林和翰的手腳異狀。

「所以妳才說要叫救護車？」

我點點頭。

警探先生可有可無的撇撇唇。「繼續。」

我將廁所內那像旋轉木馬的機關說出來，警探先生頻頻哼氣。等我講到置物櫃時，便動手將雜誌從背包取出，一張照片就這樣從書頁中飄下，我撿了起來，遞給警探先生。

「可以當作證據。」我聳聳肩。

他斜睨了一眼照片，一抹精光閃過俊眸，隨即要我從副駕駛座前方的置物櫃拿證物袋裝起來。

「警探先生，你有看過這本雜誌嗎？」

「蠻牛那有一本。」他指得是那位失蹤的搭檔。「現在放在後車座。」

我轉頭看去，在腳踏墊上發現一只像是破破爛爛的檔案箱。

「你覺得……裡面說的可信嗎？」

「妳認為呢？」他把問題拋了回來。

「我……」在心中百轉千迴的苦惱，至終化成了三個字。「很害怕。」

「怕什麼？」

「我怕步上我母親或母輩的後塵。」

警探先生先是神情古怪地看了我一眼，而後嘴角繃了繃，隨即大笑。

「哈哈哈——」

我知道他不是在嘲笑我，但……覺得不太舒服。

「抱歉抱歉……」他注意到我的窘迫。「我不是故意，但大小姐妳真的……很可愛，啊哈哈哈！」

「有哪裡好笑啊？」我很認真耶。

他抹了抹眼角——居然笑到連眼淚都噴出來！

「大小姐，妳想想，若妳的邏輯成立，那是否所有殺人犯的後代都會走上祖先的道路？不可能。」

我心有不甘的辯解。「可是、可是我們家不是只有一代這樣，是連續三代的每一位女子都、都……」是被詛咒的魔女。

警探先生又笑了起來，而後費了點勁才緩過來並說道：「照妳這樣說，那些政治世家的後代豈非每一個都會成為政治家？所有的席位都是同一個家族的？」他又哈哈了兩聲。「大小姐，妳真的很可愛。」

啊，也是吼……警探先生說的好像比較正確。

我思考了半晌，才承認道：「你說的對。」而後一股羞愧湧上。「我好笨，居然被這本三流雜誌給騙了。」

「不，雜誌裡說的都是事實，除了那太天馬行空的臆測。」警探先生指的是被詛咒的魔女血緣。

「所以我的母輩每一個都是死於情殺？」

「是。蠻牛個性固執，當年他把妳表姊查的可徹底了，相關報告都在我那。但這不代表妳們家被詛咒了。」他豎起三根手指頭。「凶殺案主要有三大主因：金錢、情殺、仇恨。這是經過全世界統計的數據。妳們家的母輩依照現有線索來看，頂多是情感比一般人更豐沛，加上又是個美人，桃花與爛桃花不斷，如果無法堅守己心，自然比一般人更加融捲入情愛的糾紛裡。」

「很有道理。」我豁然開朗了起來，自從看了雜誌後而覺得沉甸甸的胸口，總算變得舒服許多。

但母親發狂的影子仍如影隨形。

「所以大小姐妳若真的擔心走上母輩的後塵，就在愛情方面小心點吧。如果有需要的話，我可以介紹一些姐姐給妳認識，她們都很懂得如何看男人。」

向來遲鈍的我，這次不知為何，在警探先生的話中捕捉到了一絲詭異，但看了看他坦然的臉，知道他是真心替我著想，於是我便乖乖應下了。

因而，我沒有把自己的眞心話說出口。

其實，自從看見表姊那個模樣，以及雜誌上披露的我所不知道的家族事蹟，在加上大伯父那番告白，使我不得不對愛情感到戒愼恐懼了起來。

「別想太多。」

警探先生的大手伸了過來，我明知道他只是想向以前那樣拍拍我的頭，但身體卻下意識做出迴避的動作，使得他的手就這樣僵在半空中。

「抱歉。」

他的手收回去了，原本注視著我的視線也重新回到馬路上。

這時，不知爲何，一股衝度突然促使自己主動將他的手拉回。

「我……」想解釋些什麼，但腦袋卻一團混亂。

然後，一股脈動從他的手傳了過來，緊接著是溫度、薄薄的汗和粗糙的繭。

警探先生被我意外的動作給弄得一愣，而後掙了掙並說：「欸，我還在開……」

「我很喜歡警探先生。」突然跳出口中的話使車內的氣氛順變，可我已經管不了這麼多了，因爲我的直覺告訴我，要是不現在馬上解釋清楚，警探先生將會離我越來越遠，我不想讓他誤會，如果……像母親那樣誤解了父親而導致悲劇的發生，那不是很遺憾嗎？

突然間，一道靈光在我腦海深處浮現。

我突然懂了。

母親那時不是故意想害死我和父親，甚至是她自己，她是……她是和現在的我一樣，因爲想要好好和對方表白並溝通，但又不曉得該怎麼做，對方又只注意著馬路，像是完全沒有把注意放在自己身上，又像是不想再和自己談了，事情變得更糟糕了。

於是，越想越驚惶的母親，不自覺地想抓住父親的手，幫助傳達自己的心意，但卻忽略了承載我們的車子正行駛在高速公路上，並且不小心帶動了父親的按在方向盤上的手，禍事才因而發生。

這個可能最接近眞相的推測，使我的心緒一陣澎派，鬆了一大口氣的同時，一直按奈在心中的悲傷也因而湧出。

父親眞的死了。

再也不會像小孩子一樣和我爭搶母親的注意和疼寵，也沒有那因爭寵成功，對我感到愧疚而有的種種補償了。

我好想你，父親，你知道母親發狂了嗎？是你把母親的靈魂招去與你相伴了嗎？一定是的，你肯定在天上急慌慌的繼續和母親解釋著，對吧？你一向都是這樣，母親才是最重要的。

其實，我一直都很羨慕，從來不覺得妒忌，只是有點寂寞。

是的，我很寂寞，母親醒來後只記得找你，根本不記得問問我好不好。

父親，以後……我該怎麼辦呢？

「唉，我知道了，別哭了。」

感覺到警探先生趁收手時，溫柔的摘去臉上淚珠，我這才意識到自己哭了。

因爲很丟臉，所以不解釋了，就讓他誤會吧。

反正，我是魔女之後嘛！

第八章　有光才有影，有愛才有恨，有悔才能學習如何迎向無憾

坐在警探先生的車上，我看著大伯父推開車門，手拿鑰匙和遙控器，神色不悅的踏在早已沒有記者出沒的山道上，小紅不在他車上，看來大伯父是自己一個人過來的。

他的前進方向正是我家——坐落於半山腰間的白色別墅。

我不禁看著位於三樓的自己的房間窗外，仍和我離開時一樣，窗簾都已拉上，看不到裡面，裡面也看不見外面。

一股莫名的預感，油然而生。

應該不會回去住了。

警探先生的車子就這樣與他錯身而過。

「我家過了！」

「我知道。」警探先生粗壯的膀臂牽動著方向盤轉動，車子直到開到下一個轉彎後，才停在路旁。

「不這樣開過去，你大伯父會發現我們在跟蹤他。」

「喔。大伯父來我家做什麼？」

「看看才知道。」他瞄了我一眼，像是在考慮什麼似的。「大小姐，妳……算了，記得跟在我後面。」

我點點頭，並追問道：「警探先生，你剛剛想說什麼？」

背對著我的他，又搔了搔臉才說道：「大小姐妳啊，看起來弱不經風又常常發呆，但其實很固執也很大膽。現在的年輕人啊……」

「大膽不好嗎？」

半晌，他才淡淡地說了一句：「大人會很傷腦筋。」

「可是，把話說出來才不會誤會，不是嗎？」否則就會步上爸媽那因誤會而起的後塵了。

警探先生說：「嗯，大小姐你的想法的確沒錯。不過，世界上的事情普遍都沒這麼簡單。」

「是你們大人搞得太複雜了吧。」

好比大伯父，他若真的喜歡母親，爲何不直接告白？

好比父親，他既然知道母親誤會深重，爲何不趕緊開至附近的休息站，好好和母親解釋並安撫她？反倒一昧的敷衍，說什麼「等到了會場再說好不好？」任誰都會因此越來越氣吧？

好比母親，既然懷疑了，爲何不在家中就詢問父親呢？或是等開幕酒會結束回家了再問也好啊？偏偏選擇了最不合適起衝突和溝通的地方……

算了，現在說這些都太遲了。

體會到自己與長者彼此之間的代溝之深遠，一股疲懶的感覺使我放棄追究。大人眞的很難懂。

離家門越來越近，我的心也越來越忐忑。

明明才離開不到兩週，爲何家給我一股既陌生又熟悉的感覺？

我思忖。是我變了。

過往的回憶如飛羽般在腦海深處飛掠。

我最喜歡窩在上面畫畫的那張籐編蛋形椅的輪廓、光腳踏在冰涼的大理石地板的觸感、第一次全家一起看的電影是《重慶森林》——母親那時嚷著說要去香港，我也跟著起鬨，父親當然說好，但最後，還是沒有成行，因爲母親的畫展時間快到了，預定在該畫展曝光的新作尙未完成——半夢半醒間聞到的咖啡香氣、颱風來時，大雨沖刷落地窗，以及之後飄滿落葉的游泳池的景象。

還有我們一家三口最常聚集的後院風景，春天綻放的木棉——是朱紅、巧克力色和暗橘色的、夏日垂包的阿勃勒——是玉米絲色、金黃色和含羞草黃色的、秋季結蒴果的欒樹——是柿子橙、月黃和長春藤綠色、冬夜萌發的梅樹——是胭脂紅、山茶紅和椰褐色的。

在其中寫生的母親是以白色、香檳黃、天藍色和磚紅形成的生命色；默默站立在母親身後陪伴著她畫畫的父親，是奶油色、淺灰、孔雀藍和松石綠等，以明亮的青色爲重點，沉穩的灰來穩定其餘色彩而形成的安定色，將這一切盡收眼底的……我。

是什麼顏色的呢？

腦中浮現了許多游離中的色塊，最後停住的是充滿律動感、生動又活潑的藕粉、鵝黃、草綠、磚紅和玫瑰褐。

啊——好想畫畫。

突如其來地確認令我不禁攢緊雙手。

原來，我最想畫的就在我心裡。

好期待這幅畫完成的那一天。

但現在還不是時候。

是的，還需要再醞釀一下。

「怎麼了？」警探先生說。「妳看起來精神多了。」

「想通了一些事情。」

「恭喜。」語畢，他立定於我家門前。

心領神會的我立刻從背包取出鑰匙上的遙控器，無聲解開門鎖，就這樣領著警探先生走了進去。

一開始我們不知道是該先進屋一探，還是從圍繞別墅的外院，偷看落地窗內的情況，畢竟警探先生不可能要我們兵分兩路，這點自知之明我還是有的。

伴隨著物件落地的咒罵聲，解決了這個問題。

在這裡住了十七年的我，一聽就知道聲音是從哪來的。

「在後院的畫室。」

率先踏了兩步，警探先生突然把我截下。

「跟在我後面。」並繼續領著我走過去。

「你知道畫室在哪？」

「大小姐妳不是說「後院」嗎？」

「喔？」看他走的這麼熟門熟路，令我誤以爲警探先生也曾進來過我家。

繞過側院的游泳池和涼亭，踏上木板道，越來越多樹木遮掩了當頭罩下的烈陽，然後，依照四季排列的樹出現在木板道的盡頭，其中最爲青翠嫩綠的是結出綠色長圓筒型莢果的阿勃勒……

腦中突然閃過豆腐屋小徑外的景緻。

咦？這裡的阿勃勒也結籽了？

「大小姐，妳看。」

警探先生將我喚回神，沿著他的手指方向看去，我猛然一驚，獨立蓋造的畫室在我離開時是緊閉著的，此時卻已大敞，濃夏的艷陽斜射而入，將大而寬敞有如車庫般的畫室映照光明敞亮，再搭配畫室原本的燈光，使旁人很容易地便能看清裡頭的情況。

在裡面像隻工蜂忙來忙去，正是已脫下西裝外套，額角汗淋淋的大伯父。

他一會兒架起木梯椅，將掛在畫室高處的畫給摘下，放置在光線充足但不會直接曬到太陽的地方，用手機拍下照片後，便移至靠牆的三堆畫中的其中一堆。

「他……他在分類？」我愕然。

「根據我這幾天的調查，妳母親的畫因著車禍一事，開始跌價，直到昨天某雜誌報導妳母親因喪失另一半而發狂後，開始上漲。」

「警探先生，你的意思是……」我說不出口，這太、太……

「商人逐利而居。」他淡淡的瞥了我一眼，像是這情況很常見。

「我知道。」

「別想太多了。」他拍了拍我的肩，而後又忍不住說了句：「畫家有畫商才能存活。」而後，取出手機，對向畫室。

「我知道……但這好像在發戰爭財。」我咕噥著。「喜歡，所以買回家。我覺得很棒，也很替我母親感到榮幸。但……這是炒作，是……不義的。」

「別想太多，買走畫的人要怎麼處理他們的財產，是他們的自由。」警探先生說的很對，可是我還是不舒服，很不舒服。

「幹！」大伯父突然大罵。

連忙細瞧，才發現他踢翻了母親隨手放在地上的洗筆筒，裏頭的洗筆溶劑就這樣潑到他的皮鞋上並灑了一地，緩緩蔓延。

因爲油畫顏料和溶劑的比重不同，通常隔天後顏料就會沉澱到底部，上方的油還能繼續使用，所以母親習慣將油裝八分滿，所以大伯父這一踢，畫室內約有三分之一處都溶劑漫溢，所經之處，一片油亮；而等油流了約七成後，便有五顏六色的顏料也隨之蜿蜒而出，煞是美麗。

但大伯父一點都不懂得欣賞，而是頻頻跳腳，走向一張蓋在F40號油畫畫布上的白布，欲用那塊布擦拭他那雙看來價格不菲的皮鞋。

嗯？什麼時候畫室有這張畫布了？

對了，母親之前曾邀我和她共同創作，她畫父親，我畫母親，不過，我選擇的尺寸比較小，並且母親畫起來總是很慢，早就畫完的我將這張畫放在畫室後，就忘了這件事情了。

剛想清楚，白布一掀，不只是大伯父愣住，就連躲在樹後偷看的我也呆掉了。

「爸……」

畫上的男子笑的極其溫藹，使得英挺的面容變得沒那麼帥，甚至有些蠢，有些可愛，而這都遮掩不了那雙澄澈透亮宛若烈陽的黑瞳，他深深的凝視妳，眼前只有妳，再也沒有其他，彷彿妳就是他的唯一至寶，世上除妳再也沒有其餘重要的，世上無妳便生無可戀。

活著，是爲妳、只爲妳。

這就是母親眼中的父親，也是我眼中所見的父親。

母親啊，妳既然能如此鉅細靡遺，毫無遺漏地畫出父親愛著妳的神態，爲何仍懷疑他有外遇呢？愛情，眞有那麼可怕嗎？

「在旭？」大伯父低喃，而後他那充滿血絲的雙眼迸出一抹劇烈的恨意，冒出青筋的指節攢起母親隨意放置一旁的刮刀。

等我意識到時，身體已跑出樹後，衝入畫室，腳底的溶劑使我滑了過去，剛剛好在最危急的時刻擋在畫前。

燦亮的金屬白光劃過眼前，我不覺得痛，因爲光逼自己直視大伯父好阻止他的舉動，已耗費所有注意力。

「住手！」我大喊。

他瘋狂的雙眼瞬間一滯，我趁隙成功擋住大伯父拿著刮刀的手腕。

「靜顏？」

在看清來者是我後，他又加了幾分力下壓，我連忙再道：

「大伯父，你還要傷爸幾次才甘心？」我得非常拼命才能撐住，不被大伯父那洶湧的瘋狂給牽引。

「我都知道了，是你設計爸。」

他的雙眼咕嚕的一轉。「哼！我只是招待客戶，是妳爸意志不堅，被誘惑了。」

「你騙人！」大人到底是有多卑鄙啊？「你自己看看，看看這張畫啊！有這樣眼神的男人怎麼可能喜歡上別人？」

「胡說八道些什麼。」大伯父低斥，眼神卻猶疑著不敢看向父親的畫。

「父親他絕沒有外遇，我不知道那個女的做了什麼讓母親誤會，但母親一定知道父親有多愛她的，母親是擔心父親被騙、被利用才會那麼生氣。」

大伯父的臉色隨著我的話變得古怪，最後，居然裝出了和藹長輩的神情，一副拿小孩子沒辦法的說道：「靜顏，我知道現實對妳這個小孩來說太過殘酷，所以妳才會自己編織故事，不過，大人的世界是很複雜的。」

喵的，複雜你個大頭鬼啦！

「是你們自己要把事情弄得這麼複雜。」越來越高漲的火氣令我止不住口。「喜歡就喜歡嘛！喜歡人又不是罪，爲什麼要傷害人？爲什麼要設計父親？父親死了啊、他死了，再也不會活過來了啊！」

我的心好痛。

神啊，祢到底在哪裡？

「妳父親有外遇是事實，否則畫畫怎麼會氣到扭他的方向盤？」

「母親才不是因爲生氣扭方向盤！」若是在今天之前我的想法和大伯父一樣，但經過今天之後，我知道了，事實的眞相很簡單。「母親是、是太想把自己眞實的心情傳達給父親，並且期待從他那裏能獲得直接且快速地回應，才會下意識握向父親的手。他們是夫妻，肌膚的接觸是最好也最適合他們的溝通方式。母親沒有故意害我們出車禍，這是意外。」

「哈！」大伯父嗤笑。「靜顏，妳忘了當初是妳自己和警察說，妳看見書畫扭方向盤嗎？是妳自己親口作證妳母親是造成連環車禍的兇手。」

完全忘記這件事情的我猛地一顫，深刻的罪惡感頓時淹沒了我。

「我記錯了，我可以道歉，我可以改。」

「哼！小鬼就是小鬼，以爲道歉就沒事了？」輕鬆掙開我的手的大伯父，露出大獲全勝的笑。「說改就改，哪有這麼容易？」

「可、可是……」

「改口供是不容易，但也不少見。」

大伯父的臉僵住了，我則是驚喜地轉頭大喊：「警探先生！」

「大小姐，妳這太過大膽的個性眞的很令人傷腦筋啊。」

「對不起……」我知道我衝動了。

他拍了拍我的頭，插入我和大伯父之間的空隙，將他的手中的刮刀扯下，拋在一邊後，便示意我站到他身後。

「梅在恩先生，我這裡有充分的證據證明您設計自己的親弟弟，使靜顏一家因誤會而肇事。」

「哼！車禍可和我沒有關係。」

「是，您說的沒錯。」

「警探先生！」你怎麼可以認同大伯父的話？

他揮揮手，要我稍安勿躁。

「不過，這樣應該可以證明車禍是意外並非蓄意了。把這事情告知靜顏的母親後，她母親應該就不會再逃避現實，能扛起她原有的責任，你也就不用這麼急於接收您弟弟一家的財產了，是吧？」

聽及此，大伯父的面容瞬間猙獰起來。

「你要多少錢？」恢復鎮定的大伯父，從容地踏著一地的油，走向畫室深處的工作桌上，因爲那裏的燈管出現了問題，故此我花了一段時間才看清，原來大伯父正從桌上的西裝外套口袋掏出支票簿。

警探先生沒有說話。

我偷覷他的臉，讀不到任何的情緒。

「一億？十億？」高級的鋼筆流利的在薄薄的一張紙上滑動著。

警探先生還是沒有說話。

我連大氣都不敢吐一聲。

因爲，我感覺到了，警探先生現在非常憤怒。

「人渣！」

話剛落，警探先生便大步流星地衝了過去，一把摜住大伯父的領口，舉起奮起的膀臂……我摀住了嘴，深怕尖叫聲從驟然加快的胸口竄出，影響警探先生的動作。

「我可以告你！」大伯父說。

警探先生的拳頭凝在半空中。

「我請得起很多律師團。」

「也是。」警探先生放下拳頭，但仍攢著領口，並將他提了起來。「梅在恩先生，您也別忘了，我是前任警探，我有很多——同事和人脈。靜顏委託我調查他父親的外遇眞相，而我相信我經調查的差不多了，影片照片和錄音都有，您想想，要是我的同事們拿到這些資料，他們會不會改變偵辦方向呢？」

大伯父的臉色變了。

「還是我乾脆點，把這些資料賣給各大報章雜誌，您好不容易炒起來的畫價價格，之後還會這麼漂亮嗎？」

這回大伯父的臉很乾脆的黑了。

「我聽說，您好像正在籌備義賣會吧？好像是以……靜顏母親的畫爲競標品，然後將拍賣所得的一半都要捐給車禍中的罹難者的家人和傷者？」

「大伯父你沒有權利……」

我的話被警探先生截斷。「大小姐說的沒錯，就算她的母親沒有清醒，你也沒有權利任意處置她母親的畫。」

「我們畫廊擁有書畫所有畫的販售權。」

「是，但您好像忘了，靜顏的母親授權的僅是「獨家販售權」簽訂中的畫，並非她這輩子所有創作都歸您畫廊處置。並且，您們的合約中有註明「經本人簽名並於畫作背面註明同意由乙方販售的畫作」，才是靜顏母親願意出售的畫。否則靜顏母親豈非隨便寫個便條紙，也可以由您的畫廊販售？」

大伯父脹紅了臉，我想他是被自己那滿腔無意義的強辯給噎住了。

我則是因著警探先生居然如此熟悉合約內容而呆住。

他之所以黑眼圈越來越重，鬍渣滿臉的原因，我想，已不言而喻。

不過，他是怎麼知道合約的內容呢？

尚未想明，大伯父忽然說道：「你們懂什麼？書畫她本來就該是我的，我的！」

「的確，根據調查，您與靜顏的母親的確相識在她父親之前。」語畢，警探先生攢住大伯父領口的手一放一推，使他重心不穩地踩踏著洗筆溶劑，發出趴搭趴搭的黏膩聲，直到靠在工作桌桌緣後才停下。

大伯父豁出去的大吼：「啊，沒錯，是我先認識書畫，也是我先追求她的。」彷彿他已憋屈許多年、許多年，非得一吐爲快不可。

「我不知道這件事情。」我說。「母親和父親很少提往事。」

警探先生點點頭，意圖從口袋掏菸，我制止了他。

「油畫用的溶劑和油都是可燃物。」所以父親才戒菸。

大伯父像是知道我的未盡之語，突然接著道：「在旭抽了十幾年的菸了，當年還是我教他抽的……愛情，眞他媽的自私。」

才剛感受到大伯父口中那奇怪的忌恨和深深的後悔，他那裏便傳來了打火石摩擦的金屬聲響。

我們齊齊轉首看去，一簇靈動活潑但微弱的火光照亮他的臉，詭異的不似人臉。

大伯父揚唇宣告道：「書畫是我的。」語氣篤定。

注視那張宛若破開烏雲，雨過天晴般的笑容，一股非常不妙的感覺自心底湧現。

他的自信從哪來的？

「你想如何？」警探先生一面狀似從容的舉起雙手，一面不著痕跡的將我護至他身後。

大伯父用下巴指了指工作桌旁邊的角落，也是畫室的最深處，那裏堆放著掃把等掃除用具。

「站過去。」大伯父平舉單臂，舉著打火機像是舉著槍般。

警探先生從善如流的配合了，我也是。

就在這時，大伯父的手機和警探先生的手機同時響起，我們面面相覷，大伯父首先接起，然後我的也響了，但我和警探先生都沒有接，而是眼睜睜的看著他喂了一聲後，面色先是鐵青，而後脹紅，至終歸於平靜。

一股非常不妙的預感在我心中升起。

「我知道了。」電話掛斷。

然後，面對著我們的他，一步步地朝向背後的院子走去，安靜的畫室內迴盪著趴搭趴搭的聲音。

濃夏的燦陽將他身後的景致映照一片燦爛，但後面的光有多耀眼，他的正面便有多麼晦暗，正如有光才有影，有影才能襯出光的存在。

不知為何，注視著這樣的大伯父，我突然一點都不氣他了。

都是一班因愛而歡快，因愛而愁苦的人們啊。

母親亦然、父親亦然、大伯父和表姊亦然，或許，林和翰也是。

而我……

望向眼前高大精實，頂天立地的將我護在身後的偉岸男子，一股甜蜜的酸楚隨著急遽的心跳油然而生。

突然間，我懂了。

「警探先生，等此事結束後，我們就能好好的畫畫了吧？」

「大小姐妳眞不愧是大小姐，居然現在提這個……」警探先生一副被我打敗的模樣，不知爲何，聽到他這樣的反應，我居然很開心。

電動捲門在大伯父的操控中緩緩放下，他小心地避開流至草地上的洗筆溶劑，打火機也依舊舉著，銳利的目光像劍尖般筆直的望過來，使我們不敢輕舉妄動。

「這裡有沒有其他出口？」警探先生問。

「沒有。」畫室的入口就像車庫門那麼大，母親畫畫的時候又不會關上捲門，自然不需要另外再做一個門。

「這裡也沒有窗！」警探先生的語氣中含了些許怒氣。

儘管不懂他爲何生氣，我仍乖順的解釋道：「畫室的捲門只在颱風天時會放下，平日都開著的，這樣油畫才能快點乾，裡面的空氣也才能流通。」所以當然不需要窗戶。

「有別的出口嗎？」他開始咬牙切齒了。

捲門轟隆一聲地關閉，阻隔了室內外的光線，所幸大伯父沒有切斷外面的電源，所以畫室內並沒有因此暗了下來。

「沒有。」我想不透有哪裡能讓警探先生生氣的……啊！「你生氣是因爲被大伯父威脅的緣故嗎？」

「不是。」他氣呼呼地衝到捲門旁，尋找機關，甚至還用手扳著門，試圖想用人力把鐵門拉開。

不久後，外面響起輪胎在馬路上急轉的摩擦聲。

「是喔？我還以爲我猜對了……」覺得無趣的我，將背上的揹包拿下並翻轉過來，將裡面的東西都倒在地上，沒找到想找的東西，然後兩手翻了翻口袋，才掏出方才進家門時用到的鑰匙兼遙控器，舉起並朝著捲門右上方按下，逼逼兩聲後，捲門徐徐往上轉動了。

警探先生愣然的轉身怒視過來。

奇怪，怎麼更氣了？

「大小姐妳……」他深深的吸了口氣。「算了。」他朝我招招手。

「要去哪？」

「去醫院啊妳……啊——」他嘶吼了一聲，像是吐盡了胸口鬱悶——我還是覺得警探先生是給大伯父氣到了。

「去醫院做什麼？」我隨手將鑰匙放回口袋，朝因生氣而變得有點可愛的警探先生走去。

「去追你大伯父。」

「啊。」我懂了。能讓大伯父動容的應當只有母親和小紅的事情，但他剛剛找過小紅了，所以只剩下母親那裏了。

「知道了還不趕快！」

但我卻回過身跑到方才大伯父放置畫作的地方。

「不要再耽擱了，大小姐！」

「我不是……」將畫的正面對向警探先生。「我要帶去醫院。」
他先是抽了抽額角，而後吼道：「隨便妳！」
但仍是走過來接過我手上的畫，還幫忙用布將畫包好。
「謝謝。」
他把我已經夠亂的頭髮揉的更亂了。
「跑快點。」
「是。」
我們一前一後的衝向大門。

☪

在車上時，一面開車一面檢查手機，並要我不可以跟他學的警探先生說，記者知道表姊家的事情了。
「這麼快？」
「妳那個表姊的老師……前陣子自美歸國開攝影展的那位。」
「單志一老師？」
「沒錯，也就是我之前和妳說今天我會參加的另一場攝影會。單老師現正帶著他的攝影團和記者一起去找妳表姊，剛好小傑也著搜索令過去妳表姊家……通通撞在一起了。」
「啊……」我想起來了。「單志一老師曾和我提過他和表姊有要合作拍攝新的作品，表姊這幾天就是在忙著作攝影時用的雕塑。這也巧了。」

「大伯父接到的電話也是說這件事情嗎？」

「我想是的。」他頓了頓。「妳大伯父和妳表姊合夥，打算詐騙妳父親死後應當交由妳繼承的財產。」

「啊？」這就是表姊家中藏了個人，仍是勉強讓我入住的原因？

「妳父親死了，母親現在又是那個狀況，法庭會給妳安排新的監護人，目前與妳有血緣關係的人只有兩位，一是妳大伯父，另一位則是妳的表姊。由於妳已經十七歲了，法庭也會參考妳的意願來裁決，所以妳大伯父若不和妳表姊結盟，到時候不就白忙一場了。」

「為了錢？」

警探先生拋給我一個「啊不然咧」的眼神。

也是，看表姊的生活方式就知道她一點都不節流，就算有祖母的遺產，也不夠她揮霍。

「妳認識單志一？」

於是我便把當天情況稍稍和警探先生說了一遍。

「他也覺得死的人其實應該是妳實秋表姊，而不是實夏？」警探先生擰了擰劍眉。「雙胞胎的DNA是一樣的，指紋又因為兩人生活密切而混淆？難怪……剛聽妳說妳拍到妳表姊要林和翰喊她妹妹的名字，我還以為她被當年的事情刺激到人格分裂了。」

「單老師還提到表姊曾說這次復出後，她預備開一場紀念妹妹的展覽，順便改名叫實夏。」

「或許她真的是葉實夏。」警探先生思索。「如此一來，當初我們在咖啡廳談到有關葉實夏滿手是血，還能用刀割頸的疑問，就能得到解答了。」警探先生的雙眼閃過一道厲芒。「死去的葉實秋和葉實夏在搶刀子時，她的手被劃開，刀子因血湧出而落地，葉實夏趁機把刀奪走，一揮，葉實秋的頸子被割傷……就這樣走了，剛巧葉實夏爲了假扮她姐姐，刻意把頭髮剪短，衣服也模仿葉實秋的穿著習慣，假扮葉實秋對她來說沒有什麼難度，唯一難以隱瞞的可能只有林和翰，或許正是因爲如此，葉實秋其實是葉實夏的眞實身分被林和翰發現了，這才綁架他，林和翰的雙親久久沒有他的消息，於是便去報警，並對外宣布失蹤。」

「對，當年的情況肯定就是這樣。」越聽越覺得事實應當就是如此的我，頻頻點頭。

「用說的很簡單，我們需要證物和證詞？」

「林和翰可以。」此話剛出，一股莫名的騷動像羽毛般輕輕撫過我的心尖。

警探先生斜睨了我一眼，單手旋轉方向盤地帶著車子轉向。

「有沒有更好的辦法？林和翰被監禁了十年，很有可能出現「斯德哥爾摩症候群」。」

「那是什麼病？」

「簡單說，當甲被綁架犯監禁後，甲體認到自己的存活都操控在綁架犯的手上，覺得自己不可能逃出的時候，綁架犯突然對甲好了起來，不過從一開始不給水喝，到後來一天給一瓶水，甲因而生出綁架犯雖然關著自己，但仍願意好好照告自己的錯覺。日子一長，甲漸漸耽溺於被關起來的日子，甚至還生出想要逃跑是不對的，因爲綁架犯那麼照顧自己，逃跑變成一種背叛，有的還會反過來幫助綁架犯，大概就是這樣。」

「好可怕……」想到一個人不僅是身體受控，連心也在不知不覺間受控，我便全身戰慄。

「我看妳那個表姊正是用這招控制那個林和翰。不過，也曾出現相反的情況，被害者反過來控制加害者。」

「可是林和翰有要我回去救他。」

「說不定是被妳表姊訓練成這麼應對的。」他猛按了兩聲喇叭，原來有個歐巴桑突然在路中央就慢了下來，沒打方向燈，也沒有切道路旁才緩速，害他差點撞上去。

「可是……」我想辯解，卻又覺得這樣的自己有點奇怪——我為什麼要幫林和翰解釋呢？

「愛情也是。」

「啊？」

「愛情會讓人不自覺的變成俘虜，心甘情願的奉獻或被囚。」

「……」不知為何，腦中突然浮現父親崇拜的望著作畫中的母親的背影。

「所以啊，大小姐，讓自己堅強起來，不僅是身體，還有心，這樣便足以面對人生層出不窮的各種環境和選擇。」

「我知道了。」

「只會畫畫是很吃虧的。」警探先生摸了摸我的頭。「妳剛剛很鎮定，謝謝。」

我疑惑地望著他。

「儘管是成人，在遇到被人威脅的時候，也會驚慌失措，意外常常因而發生。」

原來他指得是剛剛被打火機的時候。

「大伯父不會點火的。」我說。

警探先生對我挑挑眉，像是不懂我爲何能如此肯定。

「他愛的是母親的才華，捨不得燒掉那些畫。以前我常撞見他和母親爲了題材和畫風吵架，甚至大伯父還常說父親對母親的溺愛害了母親，使她無法多方嘗試，只畫自己想畫的畫。」

但是，大伯父不懂，表面上看起來是父親離不開母親，其實，依賴最多的那方是母親。沒有父親，母親絕對無法以如此充沛的愛去畫畫。

母親的畫，色彩大膽又溫柔豐富，那是充分被愛的人才畫得出來的畫。這些畫是兩人的愛所孕育出來的。

題材和畫風都是人所設立的規條，畫畫本身是沒有準則的。

唯四需要的只有可以當筆的任何工具、可以當畫布的任何物件，以及能觀看並吸納這一切的雙眼，還有將之反芻並醞釀，而後隨心所欲，盡情吐出的心。

「原來如此。」

突然，靈光乍現。

「我想起來了，有回我看到母親氣到動手打了大伯父一巴掌……那時我還以爲是兩人吵得太激烈，可是，現在回想起來，那時候兩人的姿勢不太對……」

「妳大伯父吃妳母親的豆腐？」

「應該是。」

母親不是那種會動手動腳的人，對我們來說手是僅次於眼睛的重要器官，父親還特地去學按摩，只因他很喜歡幫母親按摩因長時間作畫而腫脹的手。

還記得每次見到那幅光景，我都很羨慕母親，甚至在心中悄悄升起希望將來也能找個像父親一樣的男人。

可是現在，我卻不這麼想了。

父親太笨了，他所有的聰明才智都用在母親身上了，否則怎會跳入如此拙劣的局？並把此事解決的這麼差，導致他無法履行要比母親晚死的誓言。

眞的是笨死了。

警探先生說的對，我要學著堅強壯大起來。

但是，該怎麼訓練呢？

「珍惜現在，不要得過且過。」他無限感慨的說。「世上是沒有後悔藥的。」

「我知道了。」於是，我又剝起香蕉，好給身體補充能量。

他瞄了我一眼，不知爲何，臉部表情不再那麼殺氣騰騰了。

「也給我一根。」

「喔。」

於是我先將手上剝好的遞過去，豈料警探先生居然早已大張著口等待著，一股難以言喻的感覺令我頓時笑出聲。

「快點，我餓了。」白燦燦的牙口空咬了幾下，發出喀喀的聲音。

「啊，好。」

他連咀嚼都沒便將口中的食物呑下。「等搞定妳的委託後我要放假，累死了。」

「不行！」我連忙大聲說道：「約好了要畫畫的。」

「妳還記得啊？」他撇撇嘴，骨節明顯的食指搔了搔長滿鬍渣的下巴。

「我的記性很好。」

「是是是。」

注視著警探先生高聳鼻樑的側臉，心中騷動不斷。

好想畫畫。

車子停入凌城醫院的停車場，警探先生輕輕鬆鬆的用腋下夾起我執意帶來的畫，便領頭帶著我跑進去。

迎面襲來的冷氣被過度緊張而升高的體溫給化解了，我不覺得冷，只覺得心跳的鼓譟聲已然遮掩了周遭鼎沸的人聲。

我們沒有加入排隊等電梯的人潮中，而是沿著上回我悄悄探視母親的路線而去。

但好不容易抵達母親位在九樓的病房，裡面卻空蕩蕩的，只剩被風掀起的窗簾正在房內舞動。

警探先生隨手將畫靠牆放在母親的病房內，衝出病房詢問剛好經過的護士。

「裡面的病患呢？」

「梅先生帶她去散步了。」護士小姐說。

是她！我從她的聲音認出這人是那天在樓梯間講電話的護士。

「知道他們朝哪走嗎？」

「梅先生平日這時間都會推輪椅，帶病患去頂樓曬太陽。」護士小姐滿臉疑惑又好奇地打量著警探先生。

「謝謝。走了。」

「喔。」

剛踏出一步，我的身體突然自主性的停下，然後，一股騷動催促著我，於是我轉過身。

果然，她沒有離開，而是面對著我們並拿出手機，見被我抓到了，立刻露出尷尬的表情。

我下意識的說：「護士小姐，不要告訴記者先生好嗎？」

她猛地一顫。

我又道：「否則，我只能找律師了。妳知道的……」我硬著頭皮說：「我們家，並不缺錢。」

語畢，她的肩膀驟然繃起。「我沒有。」

由於當晚我爲了護士不被發現，沒有偷看她的模樣，無法將當晚的情況畫出來給她看，於是我想了想，依照腦中的記憶循字說道：「……就是啊，聽說好像是丈夫的哥哥吧？每天都來……是晚上。」我頓了頓，隨即再一面回想一面說：「對，很仔細地問看護今天做了哪些檢查，畫家的反應如何？醫師有沒有特別交代什麼……女兒？好像只有來看過一次吧……沒多久就跑掉了。」

護士的臉色隨著我說的字句一點一滴的慘白，然後又漸漸脹紅。

「……那時我還和我的同事說，現在的年輕人眞的很不孝，母親重傷住院好不容易清醒，來了不好好陪陪母親，卻只顧著和大人吵架——護士小姐，妳罵得很對，我眞的很不孝。」

她惱羞成怒的說：「竊聽和錄音都是違法的。」眼神卻飄忽不定。

「我沒有。」

警探先生插話詢問：「大小姐，妳不只可以把畫面記得清清楚楚，鉅細靡遺，連對話也行？」

「想一下就記得啦！」怎麼連警探先生都大驚小怪了起來。

「但妳卻不記得人的名字？」

「唔……」這是個好問題。

「我知道了。」護士忿忿的怒瞪，而後像是察覺了什麼似的，語氣僵硬的問道：「我不會說的，可以了吧？」

我點點頭。目的達到就好。

搭乘電梯的人們剛好都出來了，我們擠了進去。

「做的對。」

看來警探先生都猜到了。

「那就好。」我鬆了口氣，把心中那股仗勢欺人的感覺給順帶吐出。

叮的一聲，電梯總算抵達頂樓，我們沿著指標跑向專門闢給住院病人散步曬太陽的頂樓花圃，這裡人不少，有免費的飲水機、自動販賣機，也有涼亭長椅等供人休息避陽的設施，但不管哪裡，都沒看見母親或大伯父。

我和警探先生裡裡外外繞了三圈都沒看到人，無論詢問誰也都說今天還沒見到他們，看樣子護士小姐沒有說謊，大伯父的確天天帶母親來這裡散心，偏偏就今天沒有來。

這下子，我總算著急了起來。

大伯父帶著母親不可能跑太遠，除非他們根本沒來頂樓！

「梅小姐！」剛剛被我警告的護士的聲音突然響起。

我和警探先生循聲望去，發現她站在花圃的入口，扶膝喘氣，我們匆匆跑了過去。

「妳媽……」她艱難的吞了口唾沫。「妳媽和妳大伯今天沒有來頂樓。我問過警衛了，他有看見很像是他們的人往停車場走。」

「謝謝。」

語畢，我與警探先生交換了一下視線，隨即打算去停車場．護士小姐卻拉住我的手。

「那個……我有急用，不是故意的。對不起。」她說的既誠懇又愧疚，凹陷的兩頰和黑眼圈在雪白的面容上極其醒目，凸顯長期擔任這項工作而累積下來的疲憊和不耐。

「謝謝妳照顧我媽。」我拍了拍她的手。

她愣了愣，我趁機收回手，立刻拔腿追上警衛先生。

幾乎可說是在醫院繞了一圈的我們，抵達停車場後卻意外的發現大伯父的汽車仍停在原位，詢問警衛卻只得到了無法肯定走至停車場的人，到底是不是我母親和大伯父。

警探先生立刻要求看監視畫面，對方以警探先生已經不是警察而拒絕。

他沒說什麼，而是要我撥大伯父的手機，他則是打電話給警察哥哥小傑，告知我們這裡的情況，並將大伯父的一干計謀，以及母親因此被綁走的事情都說了。

「等等就會有人來幫忙找妳母親了，稍安勿躁。」他說。

「怎麼可能不急？」攢緊手機，眞恨不得以前那些包圍我的記者都回來，我要上電視請大家幫忙找母親。

警探先生卻說我若這麼做，若是刺激到大伯父，事情會變得更糟糕。

然後他又撥了通電話，我不知道他打給誰，也不在乎。

因我滿腦子都在想著情況還能有多糟？

我的人生還能有多糟？

神啊，我已經沒有父親了，請不要奪走我的母親。

我好後悔，應該要好好陪著母親的，爲什麼要糾結在那些一點都不重要的事情上？

警探先生說的對，我要長大，變成熟，才能減少這些討厭的憾恨。

然後，警探先生要我跟他回到他的車上，說方才要我打電話給大伯父是想知道他的手機有沒有關機，既然沒關，他有個朋友能利用手機訊號，追蹤大伯父現在的所在位置。

於是，車子發動，我們離開了醫院。

半小時後，等在前方的是再一次的失望。

「先生，你眞的沒看到我母親？」我不死心的追問。

駕駛小貨車的司機不耐煩的說：「沒有啦！阿我去淩城醫院是送洗好的床單，不是去看病。」

「那你有看到誰把手機丟在你的車上嗎？」

「阿就說我是去送貨，車子的窗戶沒關，誰想丟都可以。」問夠了吧？我還要送貨。」

「把你的行車紀錄器給我。」警探先生說。

「不行啦！這是公司的……」

啪的一聲，警探先生面無表情地單手一拗，他掌心的大伯父的手機應聲折斷，閃耀金屬光澤的零件紛紛自他掌心掉落。

我和貨車司機皆爲之一慄。

「我車裡有備用的，和你換。」怒焰洶湧的雙眼斜睨了一眼貨車後照鏡。「比你現在用的好。」貨車司機連忙答應，甚至乖乖下車，束手站在一旁讓警探先生拆下他的，換上更好的，這才急忙忙地回到駕駛座，踩下油門，揚長而去。

警探先生開車回醫院，我則是遵照他的指示，用他放在車內的筆電觀看貨車司機的行車紀錄器畫面，尋找大伯父的身影。

沒多久，我便看見大伯父從貨車的前窗繞至副駕駛座。

果然，將手機丟入車內的人正是他，但這只能證明他的確有去停車場，無法告訴我們接下來他去了哪裡。

所幸，返回醫院時小傑已帶警察過來，他們一部分的人正在調閱醫院內的監視畫面，一部分的人則是聽取警探先生和我的報告。

由於警方和警探先生都不希望事情擴大，外加母親失蹤的地點是在醫院，爲了不擾民，警察們盡量低調的在醫院內外和附近尋找。

我則是待在警方和醫院借來的會議室中等待消息。

警探先生也陪著我一起，可他不像我只能乾焦急，他不停的聯繫他的人脈，從警方無法涵蓋的另外一方面調查母親的下落。

我很感激，眞的。

但除了感激，可能失去母親的恐懼已經塞滿我的心，已經生不出其他感覺了。

神啊，我錯了，是我不孝，請您降罪於我，不要懲罰我的母親。

父親，請您保護母親。

我不停的祈禱著祈禱著祈禱著。

然後，白天就這樣過去了，燦爛壯闊的夕陽降臨，將其下的萬物籠罩在一片橘紅色的天光中。

警方總算確認大伯父和母親沒有離開醫院，因爲監視器沒拍到他們離開的畫面。

到處都沒有好消息傳來。

直到，母親和大伯父被發現失蹤進入第六個小時，小傑接到一通電話，臉色瞬間變得鐵青，警探先生的電話也響起了，接聽後的他的臉色也變得和小傑一樣。

不，是更糟。

我下意識地站起身，女警給的毛毯毫無聲息地落在地上。

「……」我想說話，想詢問情況，牙齒和嘴唇卻抖了起來，喉嚨又乾又澀。

「妳待在這。」警探先生用力將我按回原位，眼神凝重。

小傑和另兩位警察已經走至會議室的門了，一前一後的離開了。

你們要去哪？

我發不出聲音，然而身體已然自動起身，並立定於高了我一個頭不只的警探先生面前。

我深深注視他冒著血絲的雙眼，他很煎熬，也很累，我也是。

我們都是。

半晌，他什麼話都沒說地點點頭，轉過身，率先邁出，我跟了過去，搭上電梯，直上九樓，通往病房的長廊的深處，圍了一群人，正被隨同小傑而去的警察驅離。

我像遊魂似的跟在警探先生的身後，他的背影在我眼中逐漸高脹、加寬，其餘周遭的景緻漸漸淡去。

然後，他停下，轉了個方向，我也照做。

接著，我看見了母親。

她像是睡著般輕閉著眼，嘴角噙笑地倒在艷紅的血泊中。

啊，再也看不見那雙美麗的綠金色瞳眸了——這是腦海浮現的的一個念頭。

隨即，我後知後覺的注意到母親抓著一個東西，因為有那個東西在，她才能睡得如此安詳甜美，不再是那張恍惚失神的模樣。

那是……

我執意帶來的畫。

母親傾盡一切情感所畫的父親。

也是，染上了母親那曾經溫暖並充滿脈動的泉源之血，因而變得靈動且充滿生命力的父親。

父親在笑，母親也在笑，太好了。

這是我昏厥前，亂糟糟的腦袋閃過的最後一個念頭。

第九章　有情是人間

我不知道我昏過去多久，總之，醒來後，我正躺在警探先生的事務所沙發上。

我鬆了一口氣，短時間內我眞的不想再看到醫院了。

只可惜，天不從人願，因為，我不會說話了。

像是喉嚨中那顆用來發聲的器官被摘掉似的，張開口只剩下咻呼呼的呼吸聲。

奇妙的是，我並不覺得困擾，甚至隱隱覺得被救贖了。

所幸，和警探先生筆談這件事情時，他願意帶我去診所而不是醫院就診。

並且還說我們的契約尚未結束，所以可以暫時先住在他事務所隔壁的套房，說他已經幫我辦好手續了，我隨時都能住進去，兩人間的約定也隨時都能履行。

從電視上得知家又被包圍——大伯父殺了母親而後自殺的消息所致——的我，眞的是非常感謝他的善心之舉。

如果可以，我眞的不想在電視機前露面，但警方總算將父親的屍體發還，兩人合葬的喪禮需要人主持，喪主只能是我，並且警探先生幫我想了一個辦法，於是，我還是硬著頭皮上場了。

因為不能說話，所以喪禮當日我是拿著筆記本和麥克筆，站在家門口，一筆筆寫下：「因為一些事情，現在不能說話了，請原諒我只能用紙筆傳達想法。」

記者們頓時安靜了下來。

我要自己別去意識攝影機的存在。

翻開下一頁，我繼續寫到：「因著我的雙親，使那麼多的家遭逢意外，眞的很抱歉。現在，我爸媽走了，我能做的，就是盡到最大的誠意與各位罹難者及傷者家屬……」

紙上的字突然糊了，我過了數秒才發現是眼淚。

閃光燈劈哩啪啦響。

梅靜顏，不要管外面，就當作妳在畫畫。我對自己說。這是爲了妳的雙親。

繼續落筆。

「……所以，我將以我母親的畫爲賠償，等喪禮結束，律師們會前去與各位洽談相關事宜。」

反正大伯父把畫價炒得那麼高，就取之於社會再還於社會好了。

然後，我遵照警探先生的指示，深深一鞠躬，便不管那些爭相詢問大伯父是否因得不到母親的愛，外加畫廊爆出經營問題，這才憤而殺了母親而後自殺的記者們，在他幫我雇來的黑衣人的保護中，回到我的家。

只剩下我一個人的家。

然後，隔天我便搬進警探先生幫我租下的套房。

接下來的日子過得很慢又很快。

我休學了。

一方面是因爲記者仍在緊迫盯人，一方面則是因爲我又沒辦法畫畫了。

同時，表姊的事情因著當日被隨同單至一老師的記者拍到，八點檔般的情節和林和翰宛若天神般俊美無儔的面容，在社會上引起軒然大波，十年前的事件被掘出來大肆報導。

我和表姊皆被烙印上魔女之後的稱號。

所幸，警探先生指示得宜，喪禮當日的表現先在大眾前博得了廣大的同情，當時的報章雜誌也將此事件寫成像言情小說般淒美絕倫，輿論才沒有把我和爸媽說的很難聽。

但表姊就沒那麼幸運了。

警方煞費苦心的重新調查十年前的案件，藉著兩女仍存放家中的用品，尤其是單志一老師那裏保存的葉實秋早期幫他拍的未公開幻燈片，總算成功辨識實秋和實夏表姊的指紋，因而證實十年前死的是身爲攝影師的實秋表姊，冒名頂替並謀殺親姊的是實夏表姊。

情況就和鸞牛先生推測的差不多。

實夏表姊也認罪了，因著殺人和監禁林和翰，聽說無期徒刑正在前方等著她。

不過，除此之外，她什麼都不說。

至於鸞牛先生，很遺憾的，至今仍未找到他的下落或屍身。

但沒有關係，因爲我繼承了實夏表姊繼承的一切，豆腐屋及那塊地都是我的了，等實夏表姊的案件一定案，法院將房子發還給我後，我打算交給警探先生，他想掘地三尺都隨他。

同時，我也因而得知表姊果然沒什麼存款了。

也是，藏匿這麼大一個活人，不僅要維持生活所需，還有創作的諸多花費，就算表姊繼承了姨媽的遺產也不能這麼揮霍。

難怪她會接受大伯父的共謀提議。

只是，天算不如人算。

隱藏的祕密終有一天會被發現。

如同父親那根本沒有發生的外遇。

是的，小紅很會抓時機，她自己和八卦雜誌爆料了一切眞相，說她雖受大伯父的脅迫引誘父親，但父親根本不上當，她不得已才故意動手腳，和大伯父協力將父親灌醉，悄悄在他的襯衫領子後面留下吻痕，還合拍令人誤會的照片傳給母親，所以母親才這麼篤定父親有外遇，卻又沒有明顯的證據，她忍了又忍，終究，在車上爆發。

這些我都知道了，但已經無所謂了。

母親現在也知道了吧？

我想父親在天上一定會像以前那樣，急呼呼地對母親表白眞心。

我知道這個想法很天眞，但不這麼想的話，我不知道該怎麼度過漫漫長夜。

搬入事務所隔壁的套房後，我開始夜夜驚夢。

每每哭醒時，我都會用警探先生借放的備用鑰匙，潛入事務所，偷偷聞著警探先生的味道殘留在沙發上的味道，才能稍微再睡一點，否則我不知道該怎麼迎接天又要亮了的事實。

漸漸感覺到我外面的人雖然還活著，裡面的人卻漸漸朽壞。

以往百看不厭的風景，再也無法進入我的心間，因爲那裏已經是一片虛空，毫無感覺了，這樣的我當然不可能重拾畫筆。

我什麼都沒有了。

爲什麼我沒有和爸媽一起死去呢？

然後淤塞在心底，那股因大伯父而起的恨便會浮現，充滿全身。

事發後，我一直不敢問母親死時的詳情，直到某天警探先生約我去河堤散步時，或許他覺得我不該再繼續頹廢下去，警探先生主動告訴我這件事。

其實我早隱隱約約猜到了。

他說當時大伯父是故意將手機丟在貨車上，好混淆警方尋找的方向，他自己則是帶著母親躲在廁所裡，剛好那時我太慌張了，看到病房沒人就直拉著警探先生去問護士，所以才沒有去察看廁所。等我們離開，大伯父便躲在廁所準備和母親殉情。

他用房內的水果刀切開母親的兩腕，但沒確認母親是否眞的已經死了便將刀插入自己的心臟，所以大伯父早母親一步死去。

而後，或許是痛覺的刺激，使母親從失神的狀態中轉醒，不知何故，她從廁所爬出，然後，看見警探先生隨手放在病房內的父親的畫後，可能是大限已至又或是其他，總之，母親就這樣抓著父親的畫閉上雙眼，陷入長眠。

因此，儘管不太想承認，但我漸漸發現，其實我比較恨自己。

並且總忍不住設想：「要是我沒有堅持把父親的畫帶去，現在的情況會是如何？」當初我是想用那幅畫喚醒母親的，豈料，卻成爲了母親死前看到的最後風景。

我好恨大伯父，也好恨自己，又對母親總算和父親相聚而感到欣慰。

過於激盪的情感很快便把我搞的疲倦不堪。

爲了不讓殘存的自我被這些紛雜思緒吞噬殆盡，我總算昏昏沉沉的睡去。

然後我會在天要明未明之際醒來，出門去河堤散步，雖然只是吹吹風，但心情比悶在家裡好些，甚至開始能覺得今天的自已沒有被悲傷的現實打敗，應該可以撐下去，沒問題的。

直到路上出現第一批早起晨跑的人們時，我會在河堤上的餐車買好早餐，慢慢走回去，和自行放大假的警探先生一起吃。

接著，無所事事的我，開始幫忙整理事務所內的文件檔案。

我這才發現警探先生雖然把事務所打理得很乾淨，但他的文件檔案只是通通擺在箱子中就了事了，既沒有分類，更沒有遵照順序擺放。問他這樣找得到想要的資料嗎？

「找不到就算啦！」他聳聳肩。

想來自己閒著也是閒著，便開始著手整理。

我發現他那裏有不少檔案都是警方未偵破的懸案，也就是不可私自夾帶的檔案，但他不說，我不說，沒人知道……大概吧？

我開始懷疑警探先生根本不是開什麼便利屋，而是懸案事務所。

但我沒問，他也沒說，看他這段時間過得像個遊手好閒的人，我想恐怕也沒多少人知道這間事務所的眞正營業項目。

基於難以啓齒的好奇心，以及失去畫畫後突然多出來的許多空白，我開始把這些檔案帶回家當附上眞實照片的故事集看。

或許有人會覺得這樣做不妥，對自己的狀況沒有益處，但現在的我維持活著便已耗盡所有。

生活其實是一件很不簡單的事情。

每天每天都會醒來、每天每天都需要吃飯、每天每天身體都像是違反心的沉重而大呼著各種需要；身體受不了無聊。

或許，是我受不了無聊，所以身體被訓練得無法享受無聊。

因此我這才發現以往的我過得有多蒼白，除了畫畫我對其他事情都沒多大的興趣，很多事情我都不知道也不曾嘗試，但無所謂，反正我現在最不缺的就是時間和金錢，儘管可能培養不出什麼新的興趣，但接觸新事物，總是能讓夜晚早點降臨。

這些檔案打發了不少時間，甚至有時警探先生興致一起，我們還會討論案情；不過，他是用說的，我則是用平板電腦回覆。

儘管絕大多數我都是重複檔案中的字句居多，但聊勝於無，有時還能因此啓發他未曾注意到的點，甚至幫助破案。

後來才曉得原來警探先生居然私下悄悄轉述給小傑了。

我會知道還是某次小傑警官跑來事務所蹭炒飯，兼告知豆腐屋已搜尋完畢，我們隨時可以回去看看，但不得大肆破壞時，順帶和我提起才得知的。

不過，我和警探先生最常談論的話題，還是至今仍沉默不語的表姊——僅存於世的兩名繼承母系血緣的後代都陷入說不出話，和自願的不說話的窘境，果然有魔女詛咒嗎——我曾如此自暴自棄的想著。

不過，我們最近最常討論的話題，已改成開始在各大談話性節目出現的林和翰。

他被表姊砍斷的四肢末梢處，裝上表姊耗盡所有遺產訂購的智慧型義肢，擬眞皮膚的四指看起來很像眞的，或許是因爲如此，他的狀態看起來比那天好許多，但眉目間的抑鬱仍不散，我想應該一輩子都不會消褪了吧。

不過，比較奇怪的是，他曾透過律師請求用豆腐屋賠償他被監禁的損失，但因爲豆腐屋當時仍是重要的刑案現場，並且身爲目前豆腐屋繼承人的我不同意，故法官駁回。

警探先生曾和我討論林和翰想要豆腐屋的存心和動機，但隨著他越來越常出現在電視上，甚至還出書了，報章雜誌炒得異常聳動，我們因而漸漸失去討論的興致。

偶爾，警探先生會以各種奇奇怪怪卻又很恰當的名義帶我出門。

我知道他是擔心我太過耽溺於所處的環境，然後就此一蹶不起。

畢竟，母親的官司處理完後，我是個眞眞正正的富婆了，就算一輩子都過的渾渾噩噩，不知今夕是何夕，銀行裡的金額仍能讓我無後顧之憂，自甘墮落變成了一件非常容易的事情。

同時，多年歷練也讓他明白這時的我很容易依賴人，於是總和我保持著恰到好處的距離和關心。

我不知道他爲何如此費心地對待我，明明此時的自己連自己都覺得煩，明明他付出的早超過當初給予的報酬，但警探先生總是做得那麼自然，使我像是被順了毛的貓般乖順的接受他的安排，藉著他認識了一些新的朋友，開啓了以往未曾看過的世界。

漸漸地，我開始覺得自己並不是世界上最慘的人，也體會到這種想法的本身是一種傲慢。

總之，時間宛若開山闢地的冰河，以極其緩慢但滿含耐心的姿態，推動著我前進。

漸漸的，雖然仍不能說話，但我總算能對早餐店老闆娘，回以一點微笑示意。也比較不會在看見街上感情甚篤的夫妻而潸然淚下。

就在逐漸生出自己應該已經踏上正常的生活軌道時，某天，警探先生突然對我說：

「妳有過目不忘的天賦，以後有機會的話，可以和我查案，幫助需要幫助的人。」

我當然很開心的接受了，雖然失去雙親，沒辦法說話，也不能畫畫了，但自己還是多少有點用處，還是對這個世界有益。

雖然是不知何時能應驗的邀約，仍拯救了依舊陷在谷底的我，給了我新的活下去的目標。

爲此，我滿心感激。

我想，警探先生就是我的守護者——總維持著恰到好處的距離的守護者。

但因爲很不好意思，又怕會加重他的負荷，我不曾說過。

他應該知道的。

畢竟，他是警探先生啊。

明天，就是我和警探先生重返豆腐屋的日子。

時節也已經正式的來到秋季。

明明只過了三個月，但通往豆腐屋的沿路風景，仍鮮明的像是昨天才來過似的歷歷在目。
雜貨店前的歐巴桑依舊在賣檳榔咖啡，只是她從短袖換成了長袖。
就連小徑上的阿勃勒仍花開燦爛，彷彿秋之女神遺忘了此處，使之停駐在長夏。
風吹，黃金雨落紛紛。
一抹妒忌閃過心尖。
若能活得像植物般單純，不知道該有多好？
我想起了曾在此寫生的自己，以及……那張遺失的畫。
不曉得警方後來是否曾在表姊家看到？因爲我依稀記得後來好像有看到……
我將打了這段話的平板舉給警探先生看。
「妳沒看到嗎？」
警探先生指得是前幾天送返的箱子。
我搖搖頭，而後打字：「還沒拆。」
「回去找看看。」
我點點頭。
不多時，方方正正像極豆腐，坐落在豌豆狀的池塘內凹處的表姊家，出現在小徑的盡頭。
車停下，我們一前一後的踏在雜草風長的空地上。

然後我將鑰匙交給警探先生，他打開門，領著我走了進去。

裡面比我想像的還要乾淨許多。

「專門和警方合作的清潔業者已經打掃乾淨了。」

最近我和警探先生很有默契，有些話無須說出口，他便先回答了。

我從口袋掏出警探先生的朋友說從《蝸牛食堂》看來的辦法，將準備好的冊子，翻到寫了「謝謝」二字的那頁，並舉給警探先生看。

「不用謝，帳單等回去再拿給你。」

聽聞這像極了警探先生會說的話，我點點頭，無聲地彎了彎唇角。

首先，我看向了表姊掛攝影作品的那面牆。

果不其然，上面那些模特兒和斷肢雕塑合照的照片都不見了，牆面只剩下被照片遮蔽，躲過日曬，而比其餘牆面還要特別白的白色方塊，看來是警方為了蒐證便帶回警局，現在應該放在送回的箱子裡。

警探先生走了過去。「靜顏，給你看個東西。」

我疑惑地眨眨眼，數步後便站在他的身側，面對著白色方塊。

然後，他在白色方塊上摸了摸，而後伸出食指又點又撮，頓時，兩個圓塊便朝牆壁的另外一面落下，露出漆黑的兩只圓洞。

「知道這是什麼嗎？」

我搖頭。

「湊過去看看。」警探先生用下巴指了指。

於是，我照做，赫然發現兩個圓洞的距離，居然正好與兩眼的距離相同，大小則是比一般人的眼睛小了些，但仍能從洞孔窺見牆壁另外一面的……紅光？

啊！我知道了！

匆匆在平板上打字並舉起：「後面是暗房？」

警探先生點頭，隨即俊眉深擰。

「這不合理。」他說。

我側頭看著他。

「照理來說，設置此窺視孔的人應當是想在暗處偷窺人，但是妳表姊無須這麼做，攝影棚出現她以外的人時，她也身在其中。除非她做了些什麼，想在暗處窺看大家的反應，但據我所知並觀察，每次攝影團到她家時，除了如廁，妳表姊幾乎不曾離開攝影棚，吃飯也是和大家一起在攝影棚吃，根本無需多此一舉。」

「別人借用？」

「借用攝影棚？沒有。妳表姊一直到決定復出，有以前業界的人想請她拍照後，才開放攝影棚。」

「林？」

警探先生點點頭。「只有可能是林和翰。小傑曾就這點徵詢過林先生，他說妳表姊曾說他若無聊，可以用窺視孔看看外面的動靜。好像是用來讓林先生排解妳表姊拍照時，無法陪他的時間。」

我想了想，又輸字道：「照片上也有洞？」

「當然，不然怎麼看？」

頓時，一股火熱的感覺湧上兩頰。

我想起自己曾癡迷的看著林和翰的照片，不曉得那時他是否就在牆的另一頭……

「怎麼了？」

我窘迫的看著警探先生，猶豫著該不該說；開始和他討論後，我發現我的任何想法，都有可能讓警探先生聯想到以往未曾注意到的線索，不可輕忽。

「說說看。」他和我想到同一個點子上了。

於是我便將幫他找名片那晚的情況詳述了一次。

多虧這段時間的訓練，打字的速度比以往快上許多。

「馬桶沖水了？」

我點頭。

「或許林和翰是故意想引起妳的注意，他知道妳在攝影棚內，可以聽見沖水的聲音，便用靜顏妳之前說的馬桶機關來吸引妳一探究竟，說不定可以發現他並救他出去。」

心中一陣愧疚。

「我跑回房間了。」沒有繼續查看。

「到底妳還是救了他。」警探先生拍了拍我的肩。

「妳表姊之後跑來查看妳，也是想知道妳有沒有發現牆後的祕密吧。」

這個解釋再合理不過了。

「可是，那時表姊明明看見我了，卻又好像沒看到，這是爲什麼？」

「或許妳表姊有近視？」

我想起有天與表姊在廚房吃飯時，的確曾看過她戴眼鏡，是一副黑膠框的眼鏡。

「好像有吧。」

頓時，一股明悟閃過我的腦海。

我舉起自己的手，反覆查看，兩手雖然因著許久沒畫畫而洗去不少曾殘留其上的顏料痕跡，但是指縫仍有些許殘留。

那天……表姊將芹菜葉握在掌心時，我曾看到她的指縫和指節尖都是做雕塑用的黏土，但是……她的眼鏡很乾淨。

一個和我一樣不太注意創作完就要洗手的人的眼鏡，會那麼乾淨嗎？

還是說表姊的眼鏡是新買的？

又或許……她根本沒有近視！

思及此，我立刻打字道：「眼鏡，表姊的眼鏡有度數嗎？」

「怎麼了嗎？」感受到我問的急迫，警探先生的表情也爲之嚴肅了起來。

胡亂的整理一下思緒後，我將想法付諸文字。

「若是眼鏡這類生活必需品，應當還收在警署，出庭時給她配戴。」語畢，警探先生撥了通電話給小傑，請他查一下眼鏡。

心突突的跳得很快，我覺得自己好像注意到了什麼很重大的線索，卻想不出個所以然。

「如果，妳表姊沒有近視卻裝作沒看到妳……」警探先生扒了扒因這陣子過的太過頹廢，而長長變捲的頭髮。「或許她是爲了趕快把妳嚇跑。」

「我眞的被她嚇到了。」

「她也被妳嚇到了，當時妳很有可能因著聽見馬桶沖水的聲音，進而發現林和翰，她藏著一個人的祕密便會被揭穿。」

「可是……」我想起了另外一件事。「表姊好像不是吊兔子下來嚇我的人耶。」

那晚我將剝皮兔子的事情告訴表姊時，她似乎受到比我更大的驚嚇，我覺得那不是裝出來的。

也曾看過當時用行車紀錄器拍攝下的畫面的警探先生，也點點頭道：「我們去妳房間看看。」

我思忖。如果不是表姊，那就只剩下一個人有嫌疑了。

我想起警探先生曾和我透漏，表姊家中被發現到處都有車轍的痕跡。當初我在布幕下發現的車轍，肯定也是表姊推坐在輪椅上的林和翰過去拍照時所留下的，所以林和翰是被允許出入其他房間的，他並沒有我們認爲的那麼不自由。

推開從攝影棚通往住家的門，往右轉，我的房間就在廚房的對面。

門沒有關，於是我們很輕易地便能看見被清空的我的房間，也是表姊以前用來放東西的儲藏室。

「還記得兔子剛出現時降到哪個高度嗎？」警探先生問。

我想了一下，走上前用手比了比。

「後來呢？」

我又比了比。

「好，我們現在去看看有那裡可以爬上頂樓。」

我舉起手並打字：「林和翰房間的廁所有可以打開的天井。」

「先去那。」

表姊的工作室也被清的很乾淨，只剩下大型器具，但無論是防塵箱還是冰箱皆大敞著，我和警探先生都知道這都是爲了尋找他失蹤的搭檔之故，不僅爲了調查監禁林和翰一案而蒐證才做得如此徹底。

從空曠的貨架進入通往林和翰房間的暗房長廊，這裡同樣被清的一乾二淨，未關的門內異常敞亮，我想是彩繪玻璃天井的功勞，使我們無須開燈便能輕易的避開水槽等物，踏入他被監禁了十年的房間，直達目的地，走入和攝影棚廁所相連的那個房間。

一踏了進去，我便愣住了。

「馬桶機關是很重要的證物。」警探先生說。

看著因連接馬桶而一起被拆除搬走的部分牆面和地板，所空出的空位，除了點頭之外，我也不曉得該怎麼反應了。

然後警探先生拉下垂繩，天井由內朝外大開，他張望四周並說道：「我去找一下梯子。」便將我留在廁所內。

抬頭望著已然泛黃的小葉欖仁，我想起那天被林和翰叫我躲進此處的情況，突然覺得一切都好煩，好想全部都拋開不管了，免得好不容易步上正軌的生活又被打亂。

但是，我又想幫助警探先生找到他的搭檔，這是自己唯一能回報的。

按耐著心中騷動，我逼著自己好好觀察廁所。

試著凝神細想剛剛和警探先生走過來花了多少時間，估計表姊衝過來找我後，有多少時間可以收回垂吊剝皮兔的繩子。

腦海中閃過的卻是那六張理應掛在牆上，卻因蒐證而到了警局，現在在我家的箱子中的照片。

排除林和翰那張獨照，其餘的模特兒和斷肢在我的記憶力漸漸清晰，輪廓加深，揉合又分開，分開，又結合。

靈光乍現。

我調出存在平板電腦中的檔案，那天在暗房找到的蠻牛先生的照片，赫然秀出螢幕。

他那充滿肌肉奮起美感的膀臂，赫然躍於眼前。

膀臂、膀臂、膀臂斷肢……

除了在表姊的照片中，我還曾在一個地方看過類似的形狀。

日陽突然從天井灑在我的身上，光傾如瀑，分量之多，使得被天井遮掩的剩餘光線皆投射在彩繪玻璃上，形成宛若漣漪般的光暈。

在豌豆池池底！

不及深思，我便從連接林和翰廁所與攝影棚廁所的空洞處，衝了進去，先跑到攝影棚，再從大門繞至後院連接豌豆池的棧道上，木板發出吱嘎吱嘎的聲響，直到我停在盡頭後才消失。

我彎身伏膝喘氣，池面如鏡般反射出我那張因最近吃多睡多，菱角漸消，而變得圓潤些的面容。

綠金色的雙眸沉鬱如霧。

是的，自從撞見母親躺在血泊中後，我的雙瞳不知爲何從黑色變成了綠金色，所幸顏色偏深，若不是在大白天的正午，平常人很難發現，頂多覺得我戴了變色片。

焦距拉遠，定睛於清澈池底。

沒有撈嗎？

無所謂，警方沒發現的話，我來找好了。

在棧板的盡頭跪扶而下，平板電腦擺在膝蓋旁以供參考，我的目光巡弋著宛若墳場般的一座座殘破雕像和碎片形成的石膏小丘，得非常用心才能辨識那是只餘手肘的塑像，還是表姊做的巨大昆蟲腹部的雕塑，又或者……什麼都不是。

宛若在一堆支離破碎的蝦殼小山中，尋找形狀只是稍微巨大了一些的蝦殼。

這時，一道光柱從雲隙間打入池底，將一自堆疊成丘的雕像碎片中露出些許部分的膀臂塑像打亮。

長年習畫所訓練出的眼力，讓我一眼便認得那正是我在找的目標。

於是我一面用眼睛緊緊鎖定那塊塑像，一面站起身，脫下連身洋裝、襪子和帆布鞋，僅餘內衣褲，然後，深吸口氣，縱身一躍，直直追著光柱而去。

我深怕錯過這個好機會，否則若光柱移動或消失，那個特定的形狀又將隱沒。

就在此時，一抹奇異的戰慄滑過背脊。

我想轉過頭去看，但久未游泳的我，肺活量不如小時候那麼好，再加上水中轉頭不易，於是我放棄查看。

或許是警探先生吧？我思忖著，憋著一口氣，又潛得更深，用力划水踢腳。

越靠近，我越能看清楚那殘破膀臂做的極其維妙維肖。

流線起伏的肌理，纖毫畢露的手毛遍佈其上，甚至還有疤痕和爆起的青筋。

和在攝影棚內的照片中，那隻和模特兒合拍的疤痕膀臂雕塑，幾乎一模一樣。

小心地避開破裂出的銳利斷面，水的潤澤讓我很輕易地便能將膀臂雕塑自碎片中取出，碎片積成的小丘因而無聲傾倒。

一個迴身，我抱著雕塑往水面游去。

隱隱約約看見棧板的邊緣似乎有人站在那，但水讓光線折射變得不穩，所以我只是看見一團扭動的顏色形成的人影。

剛剛果然是警探先生。

等等，不對，他今天穿的是白襯衫和牛仔褲，上面那團黑色的東西是什麼？面積太大了，絕對不是他的頭髮。

突然間，一道細細的水柱突然斜射而入，我嚇得將憋著的氣吐出，並下意識扭著身體好躲開，但水中不好活動，水柱還是擦過了我的上臂，絲絲鮮紅融入水中。

剛剛那個水柱是什麼？

失去空氣的肺部發出警訊，腎上腺素激增，我使出最後一點力氣，朝池面上升，並在破水的那一個瞬間大口呼吸，空氣和水同時吸入肺腑。

「咳咳咳……」

我嗆的鼻子和喉嚨都好痛。

「不要上來！」警探先生的怒吼悶悶的，但仍清晰的傳了過來。

我用力眨眼並抹去臉上的水，同時，又一道尖銳的破空聲響起，隨即警探先生發出一聲悶哼。

因為視角的緣故，位在豌豆池約中央地帶的我，僅能看見警探先生跪在棧道的盡頭，上半身被黑色垃圾袋套住，並深深起伏著，他的兩手繞在腰後，可能被綁起來了。但再後面的情況就都看不見了。

是誰？

「好久不見，靜顏。」

出乎意料的聲音令我當下循聲望去，一抹身影緩緩自矮叢外上升浮現。

俊美無儔的他儘管坐在輪椅上，但在逐漸染上秋意的林間中的他，宛若秋之精靈。

若沒有那把槍，畫面會更完美。我思忖著。

「我小看了妳呢。」他輕笑，聲線清脆悠揚。「妳們家真的都是魔女。」

外表如此出塵的他，居然說出八卦雜誌才看得到的內容，一下子變俗了起來，令我感嘆。

「呵，抱歉，我忘記妳還不能說話。」形狀優美的菱角唇，吐露著嘲諷。

唉，真浪費。

「把妳手中的東西沉回池底。」林和翰說。

我沒有動作，他揚了揚用智慧型義肢拿著槍的手。

「需要我再示範一次我的槍法準不準？」

我想起當初在警探先生家看電視時，曾看到林和翰在節目上用智慧型義肢示範各種動作，雖和人手差得遠了，又緩又動作的太確實，但刻意和我以及警探先生保持距離的他，的確可以在我們趕到他面前之前，開槍嚇阻我們。

我想這就是警探先生為何會被威脅住的原因吧？因為我在池底，不曉得岸上發生什麼事情，又肯定要浮出水面呼吸，於是林和翰便用槍瞄準水面，要警探先生把自己套起來並自己反銬雙手。

「好吧，爲了答謝妳們家對我的照顧，我可以小小的提示一下。」林和翰對我俏皮地眨眨眼後，同樣裝上智慧型義肢的左手，拿出一只手機。

「現在的科技很發達呢！不僅可以用手機給義肢下指令，也能遙控炸彈，只要我說出關鍵字，棧道下面的炸彈就會爆炸。不錯吧？我喜歡這個日新月異的世界。」

他的笑臉極其單純耀眼，像是個忍不住和朋友獻寶的小男孩。

我覺得好難過，如此美好的一個人，還是被摧折了吧？

但是，他爲什麼要阻止我們發現眞相呢？他又不是兇手，只有兇手才會……

瞬間，一抹明悟閃過腦海。

會不會她正是警探先生所說的：「反過來被被害者控制的加害者？」

所以她才問我爲什麼使用攝影棚的廁所；所以她在我被剝皮兔嚇到的那晚，才會變得如此驚慌失措卻一點都不生氣，因爲她知道不是她做的，是林和翰做的。

所以表姊才會打電話說什麼鬼不鬼的，她住在豆腐屋的這十年是與外界斷絕的，哪來的朋友需要告知我到她家住的事情？

大伯父嗎？根據大伯父的計畫，他肯定不希望我太早回家，所以表姊不可能打給大伯父，還信心滿滿的說什麼我很快就會走了。

表姊打電話的對象只有一個人，就是與她同住一個屋簷下，但因著我的搬入而不得不隱藏暗處的林和翰。

他們根本是共謀，嚇我取樂，好打發隱居在豆腐屋的漫漫長日。

說不定剝皮兔也是他們打發時間所培養起的壞習慣吧？

警探先生的搭檔也是因爲同個目的被殺嗎？

我們就像關在籠中的老鼠般讓他們逗弄，嚇得團團轉，然後等快被發現了再隨意解決掉？

我不敢繼續深思了，這太可怕了。

好想吐。

他眞的會殺了我們。

難怪他會想要豆腐屋，難怪表姊被逮捕後什麼都不說。

「沉下手臂。」林和翰又說了一次。這回，他的聲音低沉，完全沒有笑意了。

看樣子他已經沒有戲弄我們的耐心了。

我下意識抱緊了懷中的雕塑，破裂的斷面壓在身上，痛感讓我被剛剛發現的眞相炸得太過驚愕的腦袋冷靜許多。

「靜顏！」

警探先生突然大喊，我轉頭望去時，他已然朝著我飛撲躍下。

頓時，我像是明白了什麼似的，也跟著深吸口氣潛入水中，槍聲在我的耳朵被水淹沒前夕響起。

我不知道警探先生有沒有被射中，也不知道自己有沒有被射中，因爲當我忙著將膀臂的雕塑夾在腿間時，水壓已經垃圾袋緊緊貼附在警探先生的上半身，我光顧著幫他脫掉垃圾袋便已用掉所有的專注力。

警探先生的身體綳得極緊，頭下腳上的姿勢外加被黑色的垃圾袋隔絕，看不到外面的情況，肯定讓他很緊張又不舒服，但他仍忍耐著不掙扎，免得妨礙我。

我眞的很佩服他。

相較之下，我便顯得手忙腳亂許多，腿間夾著的雕塑也轉移了不少注意力。

吼！不管了啦！

現在最重要的是警探先生。

心一狠，我放掉了雕塑，頓時，拉起塑膠袋的動作也變流利了。

等到我發現他的身體突然放鬆時，塑膠袋也被我撥開了，露出他那張爲了今天來豆腐屋，特地刮掉鬍鬚，說不能儀容不整的見他的搭檔，而顯得特別白皙的俊顏。

不對，他的眼睛是閉著的，嘴唇沒有血色。

缺氧？

糟糕。

這時我異常慶幸自己在這段休學的時間內，在警探先生的建議下，不僅學游泳，連急救都去學了，剛好能派上用場。

於是，我托起他的下顎，努力朝水面游去。

我已經不管什麼槍不槍，炸不炸彈的了。

我滿腦子都想著剛剛他被垃圾袋套著肯定呼吸不順……所以剛剛在袋子喊我的名字後，恐怕就缺氧了。

再次浮出水面，我深深的吸了口氣，單手自他的下顎繞過並抓著他的上臂固定，使他呈仰躺的姿勢，隨便挑了一個離棧道最遠的池邊便踢水游去。

警探先生，你不能出事啊！

你的搭檔還在等你找到他，你不能就這樣……

我不要再看到任何人死在我面前了！

吃力將他拖上岸邊，我逼自己鎮定下來，腦中思索著之前和警探先生討論案情時，他曾告訴我如何救溺水的人的步驟。

一、清除異物。

於是我抬起他的下顎，查看他的口鼻，沒有異物。

二、控水。

這個要怎麼做？當初我好像忘記問了，跳過。

三、人工呼吸。

這個當初警探先生是叫我自己上網看，我好像……沒查，腦袋中只有從電影看到的畫面，溺水的人工呼吸和一般的人工呼吸一樣嗎？

人命關天，顧不得害羞了，我這樣告訴自己後，便吸了口氣，面伏而去，吐入他的口中的同時，觀察胸部有無起伏……沒有，是氣吐得太小了？

再一次好了。我對自己說。

重複，吐氣，胸部無起伏。

怎麼辦……對了，還有最後一個步驟：心肺復甦。

於是我立刻兩手交疊，撐在警探先生的胸口凹陷處，利用身體的重量，以三十比二的比例，也就是胸壓十五次，深吹氣兩次的步驟進行。

我一面在心中默念：「一、二、三、四……十五。」然後吹氣兩次，一面在心中呼喚著警探先生，可他就像是灘爛泥，沒有反應。

不，警探先生你不能死！

儘管手臂痠麻的要命，儘管早已沒有力氣，我還是一直做，因爲我記得電影上的人一停下來，接下來醫師便會宣告死亡時間了。

他不能死，這麼好的人怎麼可以死呢？

神啊，求你救救警探先生。

他以後還會救很多人，不能死在這裡。

我不要放棄！

一、二、三、四……十五。深吸口氣，伏下身，對了，還要捏住他的鼻子，然後用力吹氣，難怪剛剛吹的時候他的胸口都沒有動靜，原來是忘記這個步驟了。

當我這回將所有動作都做的確確實實，感謝上蒼，警探先生的胸口總算像氣球一樣漲起來了。

一、二、三、四……十五。

重複了不知道幾次，警探先生還是沒有反應，他的臉色也越來越蒼白。

不、不可以……一顆豆大的淚珠落在他那已經不會顫動的眼睫上，而後，兩顆、三顆。

我難以自制地一面握拳並用力捶擊他的胸口，一面咬唇隱忍。

不能放棄，我不要再看到任何人死在我面前了。

父親死了，母親也死了，如果警探先生也死了的話……那我、那我不就眞正的成爲魔女了嗎？

神啊，就算是魔女之後也無所謂了，我再也不會自暴自棄了，求你救救警探先生。

突然間，警探先生的身體一個劇顫，嗆咳了一聲，沉重的眼皮緩緩張開。

我抖著唇，恐懼戰兢地看著他的目光從朦朧渙散，直到漸漸聚焦。

「大……」他的聲音極其乾澀。「大小姐，妳想……殺了我嗎？好痛。」

這個笨蛋警探，現在不是說笑話的時候！

我想罵他，想說自己快被他嚇死了，但當他的手像以往那樣溫柔地拍撫著我的頭時，什麼話都說不出來了。

太好了，警探先生沒有出事。

神哪！謝謝祢。

就在我這麼想之際，突然間，碰地一陣極大的爆炸聲席捲著氣流襲來。

林和翰眞的引爆炸彈了？

不及深思，我立刻趴了下去，首先抱住人體最重要的頭部，然後身體護住警探先生的上半身。

驚鳥振翅，點點水花夾雜著木塊如細雨般傾洩而下，紛紛打在我和警探先生的身上。

或許過了半晌，又或許過了好一會兒，一切似乎都歸於平靜後，警探先生突然悶悶地說了句：

「大小姐，再不移開妳的胸部，我要流鼻血了。」

「喔！」我連忙起身。

秋風起，吹撫著濡濕的髮絲，套在我身上顯得過大的白襯衫衣角，像裙襬似的飄動著。

我現在很……生氣！爲什麼林和翰可以這麼容易的就殺人呢？爲了錢嗎？錢可以再賺，人死了就沒了啊！什麼都沒有了。爲什麼可以這麼輕易地奪走別人的性命？

於是我用隨手撿來的樹枝在地上寫字道：「爲什麼會被林挾持？」林指的是林和翰，我懶得寫太多字。「因爲槍？」他可是肢體殘障者耶，怎麼都不可能打得贏警探先生吧？

同樣和我剛在表姊家梳洗完畢的警探先生，打著赤膊，露出因放假時過得太散漫，而稍稍有些凸出的下腹，我覺得那線條很好看。

「我找到妳遺失的阿勃勒水彩畫了。」

「在哪？」

「通往水池的棧道上。我才爬上頂樓，就看到妳的水彩畫和平板電腦都在那裏。平板電腦是妳放的對吧？總之，林和翰那個混蛋故意把畫放那好引我過去。等我站到畫旁，他突然從樹林間升起，用槍指著池面……然後要我把黏在棧道下的垃圾袋套到身上，再用手銬反銬雙手。」他聳聳肩，吸了口菸，一副事情就是這麼簡單的模樣。

也就是說，完全是因爲我而受制吧？

淡淡的煙霧迷濛了他的臉，使我一時之間看不清他的表情，但我想，那應該是揉合著不甘心、氣憤和無奈的神情吧。

好想看。雖這麼想，我卻仍坐在一眼便能看見漂浮著碎木塊和草屑、我的帆布鞋、疑似我的洋裝碎布，以及平板電腦碎片的豌豆池的廚房後門長椅上。

因爲爆炸的緣故，豌豆池的水變成泥塘，水量少了三分之一，周圍一片泥濘。

「大小姐妳爲什麼會潛入池中？發現了什麼嗎？」

我想起那隻因爲我急著救警探先生，而落入池底的粗壯膀臂雕塑，恐怕也和其餘黏土雕塑一同被震得粉碎了。

當初我還以爲表姊是個有天賦的人，居然不需要模特兒便能做出如此維妙維肖的粗壯男子膀臂。

因爲根據警探先生的調查，她和林和翰隱居在此，從未請過人體雕塑模特兒到她家，也未曾在其他地方臨摹過他人，照理來說，除了眞是個天才之外，沒有其他的解釋了。

更不要提林和翰被她監禁後，缺乏運動的四肢很是細瘦，光靠觸摸他的身體，實在不可能做出極似眞人的粗壯肌理。

所以我猜得果然沒錯吧？

但是證據已經化爲屑屑了⋯⋯

我畫的那張阿勃勒也跟著變作粉塵了吧？

不甘心、好不甘心、眞的好不甘心。

這些該怎麼跟警探先生說？

平板電腦被爆炸炸成碎片了，手機也放在變爲碎布的洋裝口袋裡，我手上只有樹枝⋯⋯光禿禿的，連枝芽、綠葉甚至是花都沒有的樹枝。

爲什麼林和翰會有我的水彩畫呢？

心中的某個聲音說：「是妳表姊偷走的。而且，還裝飾在林和翰的房間中，妳看到了，卻被他的美貌所誘，視而不見。」

啊！

是了，我想起來了，當初意外闖入監禁林和翰的房間中，我曾大略一掃他的房間內部一眼，的確有看到一幅阿勃勒的水彩畫——我畫的阿勃勒。

爲什麼表姊要貼在林和翰的房間？

一定是因爲他喜歡阿勃勒吧？

突然間，所有有關「阿勃勒」和「豆腐屋」的情報，一一自動自腦海深處浮出並列表。

一、「那棵樹很邪啦！三年前突然枯死吼……今年突然花開整叢……」——農婦說。

二、被偷走的阿勃勒水彩畫，沒有被撕掉，而是貼在房內——肯定是喜歡吧？否則應該會落到和那些素描同樣的地步。

三、在抓到大伯父偷偷潛入畫室的那天，我家後院的阿勃勒已經結果了，但是今天到這裡時，阿勃勒仍在開花——時節不對。

四、最後，這張水彩畫被拿來引誘警探先生上鉤——表示林和翰一直收著這張畫，肯定有所企圖。

五、爲什麼要冒著和表姊是同夥身分會被識破的風險，也要來此炸掉豌豆池——因爲……我和警探先生靠近某個他不願意被發現的眞相？

結論出爐。

我用樹枝在地上寫下：「跟我來。」後，便用後院的推車載著兩把鏟子，不顧赤裸的腳踏在路上有多痛，就這樣趕到阿勃勒樹下。

我仔細查看變得稀疏的金黃色花串中，已然出現早該在六月底甚至是七月冒出的豆莢。

現在可是十月了啊。

於是，我拿起鏟子，用力插入阿勃勒樹根附近的土，潮濕清爽的泥土氣息瀰漫，卻無法讓我的心鎮定些，反倒越跳越劇烈，就要從喉嚨蹦出般。

我既希望解答就在這，又不希望這解答是被自己找到的。

這太殘酷了。

警探先生若是知道，不曉得會有多難過……更何況他還曾抱著昆蟲結合人體上半身的蜻蜓頭雕像拍照。

樹根妨礙了鏟土，我的動作越來越笨拙。

「我來。」警探先生稍稍推開我，自行選準了一個角度，便嘿咻一聲地將鏟子深深的斜插入地，一胚土就這樣被他鏟起拋至一旁。

然後，就在警探先生幾乎要把阿勃勒樹根附近的土都挖了一遍時，我發現他鏟起的土上有東西在蠕動，便伸手拍了拍他的肩膀，要他暫停一下，但因爲警探先生鏟土拋土的動作已經太過熟練，來不及阻止，那胚土便飛出並落至一旁，我連忙跑過去，並用旁邊的落葉捏起那蠕動之物。

「怎麼了？」他氣喘吁吁的抹著汗濕的額。

攤開掌心，一隻軀幹以咖啡色、黑色、咖啡色、黑色分成四截的蟲，出現在葉子上。

「土裡有蟲很正常。」警探先生有點不耐煩了。

也是，他根本不知道我在阿勃勒樹下鏟土的用意爲何。

我好想講，但是這裡沒有合適書寫的土地，唯一的空地是撲滿碎石的小徑。平板也炸碎了，手機也跟著洋裝一起化爲碎片，更不要提口袋中的小簿子。

怎麼辦呢？

然後，我突然想到警探先生的車子就停在小徑外的岔路口，車內有我的背包，裡面有備用的本子和筆，於是我將葉子抓在掌心後，拉著警探先生跑向他的車，要他快快開門，然後從背包掏出本子和筆開始疾書。

他看沒幾個字便臉色大變，神情嚴肅地拉開我的掌心，仔細端詳那隻蟲，還用車內的筆電上網查了相關情報。

「寬頸隱翅蟲？」

我用力點頭。

這蟲是在事務所中的懸案檔案中看到的，所以絕對沒有錯。

他細想了一下，用筆電聯繫正往這裡趕來的小傑，請他找鑑識專家一起過來後，我們又回到阿勃勒樹下，這回他挖得極其小心，鏟出的土也越來越多蟲了，到了最後，背對著我的警探先生，直接蹲下身用手扒著土，彎曲的背部肌肉繃得極緊。

我覺得很難過，蟲越多越表示方才我和他說的推測可能是對的。

林和翰是表姊的共犯的身分，也將確認無疑。

然後，警探先生的動作突然停了下來。

我疑惑的走上前。

他正兩眼發直的盯著從深咖啡色的土裡冒出，被蟲子啃食殆盡，只餘些許筋肉披掛，將白骨襯托得雪白如瓷，姿態若掙扎向天的四根手指。

好美。

「可惡！蠻牛你這混蛋！爲什麼不和我商量？」

嚎哭乍起，我彎下腰，輕輕地撫觸他顫抖的肩，就像他曾經對我做過的一樣。

然後，他轉過身，沾染泥土和蟲的大掌環抱著我的腰，就這樣將臉埋入我的肚腹。

「混蛋東西。」他悶悶地罵著，熱熱的淚濡濕了他的襯衫，染上我的肌膚。

不知爲何，我突然羨慕了起來。

羨慕起那位曾有幸擔當警探先生搭檔的蠻牛先生。

我也能成爲像這樣的人嗎？

突然被這個不知從哪冒出的念頭嚇了一跳。

從小我一直希望自己能成爲像母親一樣的畫家，若能以此爲業眞是再好不過。

想嘗試除此以外的人生的念頭，還是首次出現。

反正畫畫很簡單，有紙和筆就可以了。

現在的我開始覺得沒辦法成爲畫家也無所謂。

想畫再畫就好、想吃再吃就好、想哭就哭、想笑就笑、想活著……那就在意外降臨前，好好的把握當下活著吧。

這感覺還不壞。

至少，對於未來，我總算有些許期盼了。

番外　終於履行的約定

「去年夏天震驚全社會的豆腐屋監禁殺人案於今日宣判，被告葉實夏被判無期徒刑。至今共犯林和翰依然在逃，警方……」

拿起遙控器關掉電視，我將畢業證書放在一旁，頓時，空曠的客廳內只剩下冷氣運轉的聲音。以及正躺在沙發上，微張著嘴打鼾的警探先生。

眞是的，不是說要帶我去吃大餐，好慶祝我總算高中畢業嗎？

注視著警探先生自從那日掘出犛牛先生被分屍的屍體後，或許是因爲心中的石頭總算卸下，失去了一直督促他前進的目標，又或許是曾扛著用失蹤搭檔的軀幹做成的雕像拍照的經歷，讓他無法吃肉，以往結實的身軀驟然消瘦，下巴都變尖的堅毅俊容，一股期待已久的衝動漸漸自心底漫出。

我摜了摜手，想確定那感覺是消失已久的畫興，還是因爲警探先生太過美好，血液中繼承來的繁衍的衝動，引發了潛藏的性慾，使我忍不住想要勾勒他的輪廓。

算了，哪個不都一樣。

反正如果眞的去吃大餐了，警探先生肯定會繼續說什麼去國外學畫，對恢復我的畫興很有幫助，而且他朋友——我的心理醫師，也在當地找到了很棒的精神醫師，可以接續餘下的治療，以便繼續幫助我從雙親驟逝的打擊中恢復過來，總有一天，我也能繼續開口說話了。

那些都是次要的，最主要的原因是警探先生希望我離開台灣，因爲是我發現林和翰和葉實夏聯手殺害並分屍的蠻牛的屍體，他認爲失蹤的林和翰會記恨於我，所以認爲我有危險。

好笨，躲去國外就無事了嗎？

他不知道待在他身邊才是最安全的嗎？

他不知道我希望林和翰能永遠失蹤下去，如此我便能一直待在他身邊了。

畫畫是很簡單的事情，有筆和紙就能畫了；說話的事情也無所謂。

更何況，我覺得表姊和林和翰根本是故意引我發現這個祕密的。

否則當初表姊爲何要叫我去豌豆池敲碎她不要的雕像？若我沒有發現池底的碎片，就算對表姊能創作出栩栩如生的男子膀臂，也不會懷疑她是直接用黏土裹上蠻牛先生的身體來進行創作。

可是，爲什麼呢？沒人發現才好啊，我眞的不懂表姊和林和翰的想法。

算了，現在的重點在於，我根本不想離開他。

還是……他察覺了我的心意，所以想趕我走呢？

現在才覺得我麻煩？來不及了。

盤腿坐在地上，我從書包取出素描本和筆，就這樣隨行所欲的開始畫起好夢正甜的警探先生。

他那自從蠻牛先生喪禮後便沒再剪過，變得長而捲的髮絲，睡夢中仍擰著的眉心、纖長如扇的眼睫、我非常非常喜歡的眼角魚尾紋、挺立如鷹勾的鼻尖、落在消瘦臉頰上的陰影，略薄的唇……看起來好柔軟。

過去這一年的記憶在腦海深處翻飛。

我很謝謝他願意願意擔任我的監護人，儘管不知道爲什麼——或許是因爲林和翰仍在逃，他覺得我有危險——但總覺得問了的話，我們之間那不似親情也不似友情的氛圍，將如同魔法消除般瞬間消失，渴望又避之唯恐不及的變動即刻來到。

這是那時的我們皆無法承受的。

那時的我們只希望維持現有的一切不變，好讓過度悲傷且消耗殆盡的心，能慢慢地在日常中恢復過來。

所以，我復學了，而他也繼續進行表面上是便利屋，實際上則是承接懸案調查人的工作。

不過，我沒有回去讀美術班，因爲我的畫興還沒找回來，平日也只是興致所致時隨手塗鴉；畢竟，我回不去以前那個除了畫畫和家人之外，再沒有其他的生活了。

我已經不是以前的那個我了。

這樣好不好，我不知道，但又能如何？

人死不能復生，消逝的時間也不會回來，人們只能把握當下眼前的一切。

我正打算這麼做。

於是，在昏黃的夕陽普及大地時，我也揮霍完了驟起的畫興。

赤裸的腳踏上冰涼的地磚，我小心翼翼地走至他身側，彎腰，兩手按在沙發邊緣，伏身而下。

熟悉的男子氣息重又瀰漫鼻尖。

他的唇好軟、好暖。

這滋味比那天在巷子中的吻還要令人心尖發顫，欲罷不能。

難怪人們戀愛時都會變成魔女——想著心愛的人，吟唱「快喜歡上我」的魔咒；開始學算命，研究星座和紫微斗數，只爲知道兩人是否能擁有美好的未來；噴上勾人的香水魔藥，打扮成你喜歡的樣子，一整晚都能因一句喜歡的人的稱讚而起舞；忽悲忽喜，癡癡顚顚宛若魔瘋了。

甚至……還能在親人面前舉刀相向，只爲獨佔你。

這是何等沉重又熾熱的愛。

那時我不懂表姊爲何能如此殘忍，不僅殺死自己的姊姊，還砍斷深愛的人的手掌與腳板，逼得他只能待在自己的身邊，靠自己活著。

現在想想，林和翰說不定根本不想逃吧？

他的房間有電腦，表姊家也有無線網路，說不定他眞的像警探先生說的一樣，在表姊恩威並施的照顧下，罹患了斯德哥爾摩症候群，耽溺在她的照顧中，甚至被她培養成殘酷的共犯。

直到我的出現，打破豆腐屋在十年中建立起的扭曲平衡。

原來，愛有這麼多種面相。

那我對警探先生——佘亙申——的愛呢？

我不知道，我只知道我不想離開他，更不想讓他稱心如意，最好能讓他一輩子都這麼爲了我的事情煩惱擔憂。

但擔心到變瘦了可就不太好了啊……

「我去學做菜吧？學不用肉也很好吃的料理。」我在他的耳邊悄聲低喃著。

警探先生像是突有所感似地搔了搔耳朵，隨即陷入更深的眠夢中。

而我，輕笑了起來。

窗外，片片金黃花瓣如雨紛紛。

每年我都能看見類似的景象，但印象中最深刻的是去年暑假所看到的那一棵。

不曉得那棵因禍得福的阿勃勒，今年是否也開花了？

屍體的養分可是很充足的。

（全書完）

要推理30　PG1533

要有光 FIAT LUX

魔女繪卷

——大小姐與便利屋偵探

作　　者　米米爾
插　　畫　齊馬力
責任編輯　喬齊安
圖文排版　周好靜
封面設計　蔡瑋筠

出版策劃　要有光
製作發行　秀威資訊科技股份有限公司
114 台北市內湖區瑞光路76巷65號1樓
電話：+886-2-2796-3638　傳真：+886-2-2796-1377
服務信箱：service@showwe.com.tw
http://www.showwe.com.tw
郵政劃撥　19563868　戶名：秀威資訊科技股份有限公司
展售門市　國家書店【松江門市】
104 台北市中山區松江路209號1樓
電話：+886-2-2518-0207　傳真：+886-2-2518-0778
網路訂購　秀威網路書店：http://www.bodbooks.com.tw
國家網路書店：http://www.govbooks.com.tw
法律顧問　毛國樑　律師
總 經 銷　易可數位行銷股份有限公司
地址：231新北市新店區寶橋路235巷6弄3號5樓
電話：+886-2-8911-0825　傳真：+886-2-8911-0801
e-mail：book-info@ecorebooks.com
易可部落格：http://ecorebooks.pixnet.net/blog

出版日期　2017年1月　BOD一版
定　　價　280元

國家圖書館出版品預行編目

魔女繪卷：大小姐與便利屋偵探 / 米米爾著. --
一版. -- 臺北市：要有光, 2017.01
面； 公分. -- (要推理；30)
BOD版
ISBN 978-986-93567-9-4(平裝)

857.7 105023485

讀者回函卡

感謝您購買本書，為提升服務品質，請填妥以下資料，將讀者回函卡直接寄回或傳真本公司，收到您的寶貴意見後，我們會收藏記錄及檢討，謝謝！
如您需要了解本公司最新出版書目、購書優惠或企劃活動，歡迎您上網查詢或下載相關資料：http:// www.showwe.com.tw

您購買的書名：____________________

出生日期：______年______月______日

學歷：□高中（含）以下　□大專　□研究所（含）以上

職業：□製造業　□金融業　□資訊業　□軍警　□傳播業　□自由業
□服務業　□公務員　□教職　□學生　□家管　□其它______

購書地點：□網路書店　□實體書店　□書展　□郵購　□贈閱　□其他

您從何得知本書的消息？

□網路書店　□實體書店　□網路搜尋　□電子報　□書訊　□雜誌
□傳播媒體　□親友推薦　□網站推薦　□部落格　□其他______

您對本書的評價：（請填代號　1.非常滿意　2.滿意　3.尚可　4.再改進）

封面設計____　版面編排____　內容____　文／譯筆____　價格____

讀完書後您覺得：

□很有收穫　□有收穫　□收穫不多　□沒收穫

對我們的建議：____________________

____

____

____

請貼
郵票

11466
台北市内湖區瑞光路 76 巷 65 號 1 樓

秀威資訊科技股份有限公司 收

BOD 數位出版事業部

……………………………………………………………………………………

（請沿線對折寄回，謝謝！）

姓　　名：＿＿＿＿＿＿＿＿　年齡：＿＿＿＿　性別：□女　□男

郵遞區號：□□□□□

地　　址：＿＿＿＿＿＿＿＿＿＿＿＿＿＿＿＿＿＿＿＿

聯絡電話：(日) ＿＿＿＿＿＿＿＿＿＿ (夜) ＿＿＿＿＿＿＿＿＿＿

E-mail：＿＿＿＿＿＿＿＿＿＿＿＿＿＿＿＿＿＿＿＿

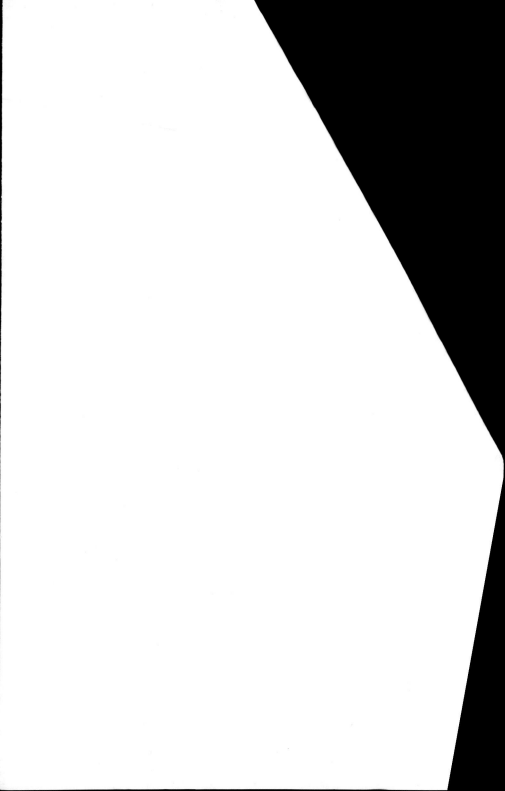